徳間文庫

南方署強行犯係

狼の寓話

近藤史恵

徳間書店

その山はいつも霧におおわれていました。

ぶあつく、重いような白い霧が、山ぜんたいにのしかかるように出ていて、よっぽど天気のよい日でないと、山ぜんたいを見ることもできませんでした。

そうして、とても天気がよく、こちらの尾根から山のかたちがとてもきれいに見えるような日でも、山に入ると、そこは深い霧につつまれているというのです。

村の人たちは、みんな「だれかにきいた話だけど」と先に言ってから、その山の話をしました。なぜなら、だれも山に入ったことがないからです。

その山には、神さまが住んでいました。神さまはとても気むずかしく、怒りっぽいのです。理由もなく山に入れば、殺されてしまうかもしれません。

ルカも小さいころから「山には、ぜったいに行ってはいけないよ」と言われてきました。ルカはおかあさんの言うことをよくきく、よい子でしたので、きちんとそれを守ってきました。

それでもときどき、「あの山は、いったいどんなところだろう」と思うこともありました。神さまが住んでいるのですから、きっと、こちらの山には咲いていないような、うつくしい花が咲いているのではないでしょうか。そう思うと、少しだけ行ってみたいような気になりました。

いちどだけ、そんな話を、となりにすむドゥーリにしたことがあります。ドゥーリは背がたかくて力もちで、そうしてとてもやさしい人でした。

ルカがそう言うと、ドゥーリはとてもかなしそうな顔で、首をよこにふりました。

「あの山はほんとうにおそろしいところだ」

ドゥーリは二回くりかえして、そう言いました。

なんでも、ドゥーリが知っている男の人が、あの山に行ったそうなのです。その年、こちらの山では、芋も木の実もあまりとれませんでした。食べものが少ないときに食べるための、干したきのこなども、食べつくしてしまいました。

その男の人は、こっそりドゥーリに言いました。

「あの山は人が入らないから、きっと芋もきのこもたくさんある。とってきて、みんなにわけてやる」

もちろん、村の人たちにはひみつです。知られれば、反対されるでしょう。

その人は冬がきて、春になっても帰ってこなかったそうです。

「神さまが怒って殺したんだ。山のものをぬすんだから」

ドゥーリはそう言って、かなしそうな顔になりました。きっと、その男の人のことを思いだしたのでしょう。

ルカもドゥーリの顔を見てかなしくなりました。だから、山には決して行かないと思いました。

ルカが十歳になったときのことでした。

その夏、こちらの山には、まいにち雨がふりました。雨はくる日もくる日もふりつづいて、せっかくうえた芋の畑も、押しながしてしまいました。

わらでできた家は、くさって、いやな匂(にお)いがしました。わるい病気がはやって、なんにんもの人が、ねどこから起きられなくなりました。

村の人たちは、みんなとても疲れていました。そのせいで、けんかも多くなり、人のものをぬすむ人までできました。

とうとう長老が言いました。

「あの山の神さまがお怒りになっているのだ」と。

どうして、山の神さまが怒っているのかはわかりません。けれども、人間のやることはいつもまちがいだらけです。知らないうちに、だれかが神さまを怒らせるようなことをしたのかもしれません。

ともかく、山の神さまにあやまらなくてはいけないのです。

ルカの家に、長老のむすこがやってきました。そうしてルカに言いました。

「これは、とてもだいじなことだから、よく考えてこたえなさい。おまえはこれまでに、神さまのいましめをやぶったことがあるかい？」

神さまのいましめとは、この村の人々がみんな守らなければならない、おきてのようなものでした。おきてとちがい、やぶっても村を追い出されることはありませんが、それでもそれはけっしてやぶってはならないのです。

食べるためと身を守るためのほかに、いきものを殺さないこと。川の水を汚さないこと。神さまをけがすことばを口に出さないこと。そうして、あの山に足をふみいれないこと。

ルカは考えるまでもなく、うなずきました。

いままで、神さまのいましめをやぶったことなどありません。ルカはとてもよい子なのですから。

なぜか急に、おかあさんが泣き出しました。長老のむすこは、まんぞくそうにうなずいて、ルカの手をひいて、家をでていきました。

長老の家で、ルカは、今まで見たこともないような、うつくしいきものをきせられました。ひとつにまとめていた髪もほどかれて、時間をかけて、くしでなんどもすかれました。ルカの髪は絹糸のようにさらさらになりました。

そんなふうに、おけしょうをされながらルカは聞きました。ルカは、神さまへのさげものになるのです。

ルカはとてもおどろきました。そうして、すぐにとてもこわくなって、しくしく泣き出しました。

ルカの髪をすいていてくれた女の人はやさしく言いました。

「こわがらなくてもいいのだよ。神さまはきっととてもやさしくしてくれるから」

おけしょうがすむと、ルカは牛の背中にのせられました。長老のむすこが、その牛をひいて、山を下りました。

ルカはおかあさんが見えないかどうか、いっしょうけんめいさがしましたが、おかあさんはいませんでした。きっと、家で泣きつづけているのでしょう。

山を下り、神さまの山の入り口にくると、長老の息子は、むちで牛の尻を大きく打ちました。

牛はおどろいて、逃げるように走り出しました。神さまの山の中へと。

第一章

ドアを開けた瞬間、血の匂いがした。

會川圭司(あいかわけいじ)は息を呑(の)んだ。濡(ぬ)れた十円玉の匂いを、数十倍にしたような、そんな匂いだった。困惑の余り、後ろを向くと、先輩刑事の城島(じょうじま)が、なにをやっているのだ、という顔になった。

気を引き締めて、玄関に足を踏み入れる。自分の意志とは関係なく、手が小刻みに震えていた。

どうして、刑事なんかになってしまったのだろう。

この瞬間、圭司は猛烈に後悔した。

警察に入ってから、ずっと刑事になるのが夢だった。刑事課に配属が決まったときには、小躍りするくらいうれしかった。だが、この血の匂いは、そんな前向きな気持ちを打ち砕くほど、強烈だった。

「どうした、新米。なにをしている」

城島刑事に軽く背を押されて、圭司は歩き出した。

血の匂いは、バスルームからしているようだった。足が前に進むことを拒否していたが、立ちすくんでいるわけにもいかない。なんとか、バスルームを覗(のぞ)いた。

むうっとした、湿った熱気の中で、血の匂いがきつくなった。圭司は息を呑んだ。喉(のど)が、ひいっと妙な音を立てた。

髪の長い人間が、バスタブの中で倒れていた。

湯は、染料のような赤に染まっていて、まるで嘘(うそ)みたいだった。へなへなと座り込みそうになったとき、城島にぐいと、身体(からだ)を押しのけられた。

城島はなんでもないように、死体に近づいて手で触れた。

「なんだ。男じゃないか」

通報してきた宅配便の男は、「女が死んでいた」と言っていた。だが、見間違えたのも無理はない。一瞬、城島も女性の死体かと思ったようだ。

髪は肩にかかるほど長く、色は白く、そうして、手首などは折れそうなほど華奢(きゃしゃ)だ。バスタブの縁にもたれるように俯(うつぶ)せに倒れた姿は、男だとはわからない。

まだバスルームには熱がこもっていて、それがよけいに血の匂いを強く感じさせている。

吐きそうだ。そう思いながら、圭司は前に進んだ。期待の新人と、強行犯係で噂になっているのだ。先輩の前で、無様な姿を見せるわけにはいかない。

バスタブに近づいたとき、鑑識が、よっこらせ、と間の抜けた声をあげながら、死体を抱き起こした。

同時に、胸にぱっくりと開いた傷口が、目に入った。

全身がすうっと冷たくなったかと思うと、圭司は仰向けに倒れていた。

人の声が、ひどく遠く聞こえている。

夢を見ているような気持ちで、しばらくぼんやりしたあと、圭司はがばりと起きあがった。

いつのまにかソファに寝かされていた。まわりでは、鑑識の人間が忙しく立ち働いていた。

死体を見て失神してしまったのだ。そう思ったとたんに、頭にかっと血が上った。

こんな恥を晒して、帰ったら刑事課の笑い物になるに違いない。期待の新人としての扱いが、一転して、血を見て気絶するような「ヘタレ刑事」への扱いに変わる。

圭司の頭には、あっという間に「ヘタレ」というニックネームをつけられて、ことあるごとに、「おい、ヘタレ」と呼ばれている自分が浮かんだ。

おまけに、刑事ドラマのオープニングのような映像が浮かび、そこに、「ヘタレ會川圭司」のテロップまでが流れる。よく考えれば、南方警察署では、そんなドラマみたいなニックネームで呼び合っているわけではないのだが。

「おい、會川、気がついたか」

城島刑事に顔を覗き込まれて、圭司はあわてて立ちあがった。

「す、すみませんっ！」

「まあ、はじめて活きのいい死体を見たんだから、仕方ないわな。そのうち慣れるやろう」

笑われなかったので、少しほっとしたが、恥ずかしいことに代わりはない。

「あ、あの……遺体は？」

「鑑識がもう持って帰った。どうやら、心斎橋の売れっ子ホストらしい。明らかに物盗りの犯行ではないから、痴情のもつれという可能性も高いわな」

城島刑事の、岩のようにごつごつした顔が、いつも以上にひきしまっているのを見て、圭司も背筋を伸ばした。

醜態を晒してしまった分、これから役に立つところを見せなければならない。

「現場をもう一度見るか？」

「は、はい！」

死体が運び出されたのだから、さすがに大丈夫だろう。まだ、ぎくしゃくする身体を無理に動かしながら、圭司は城島の後に続いた。

バスルームでは、鑑識の山崎（やまざき）が蹲（うずくま）って、排水溝を覗いていた。

「なにか見つかったか？」

「被害者のとは違う髪の毛が。被害者は茶色に染めていましたが、真っ黒な髪があります」

「なに？」

山崎は注意深くそれをピンセットで摘（つま）み上げた。

城島が隣にしゃがみ込んで、それを凝視している。圭司も、覗こうと身を乗り出したときだった。

身体を支えるために、つかんだ物がぐうっと動いた。

「うわあっ！」

いきなり冷水のシャワーが降りかかり、城島と山崎が大声を上げた。圭司がつかんだのは、シャワーの蛇口だったのだ。

「す、すみませんっ！」

あわてて、蛇口を元に戻そうとしたが、どちらに回せばいいのかわからない。見当をつけた方向に回すと、よけいにシャワーの水量が上がる。

「あああ……」

山崎の情けない声で、圭司は気づいた。

さっきまで山崎が注意深く持っていたピンセットが床に落ちていた。間違いなく、手がかりの髪は、排水溝に吸い込まれていっただろう。

助けを求めるように、城島の顔に目をやったが、城島もびしょ濡れのまま、怨めしそうに圭司を見上げている。

「も……申し訳ありませんっ！」

圭司は思いっきり頭を下げた。

南方署に帰るまで、城島は口をきいてくれなかった。

もともと、渋い容貌の城島がむすっとしているところは、いたたまれなくなるほど怖い。しばらく夢でうなされそうだ。

しかし、怒られて、どやされても仕方がない。大事な証拠をふいにしてしまったのだ。そのこと自体が、圭司の気持ちを灰色にしていた。

（交番の制服警察官のままでいればよかったかなあ）

帰る車の中で、外の景色を眺めながら、圭司はため息をついた。

署について、車を降りたときに、やっと城島が口を開いた。

「次から気をつけろよ」

「は、はい……」

あわてて頭を下げると、城島はぽんと、圭司の肩を叩いた。そのまま署の中に入っていく。

ほんの少し気持ちが軽くなったが、この後、係長に報告に行かなければならないことを思い出して、またため息が出る。死体を見て失神して、その後、証拠品を水に流してしまっただなんて、どんな顔をして言えばいいのだろう。

二階へと階段を上がって、刑事課へと入る。冷ややかな視線を感じて、圭司は肩をすくめた。

現場に行ったのは、圭司と城島だけではない。すでに話は伝わっていたのだろう。見れば、城島はすでに鳥居係長となにか話をしている。

ふたりの視線がこちらに向き、そうして離れた。その微妙な間合いだけで、気が重くなるのには充分だ。

叱られるのを覚悟で、係長の机に近づく。鳥居係長は城島と話すのをやめて、椅子を圭司の方に向けた。目尻の下がった穏和そうな表情は、怒っているようには見えないが、その分よけいに怖い。

「ああ、會川くん。きみは今回の捜査から外れてもらうから」

「え……」

言われたことを理解するのには時間がかかった。圭司は思わず出そうになった不満そうな声を飲み込む。

叱られ、怒鳴り散らされた方が、何倍もよかった。

「で、でも……ことは殺人事件ですから、府警と協力して強行犯係全体で取り組むって……」

現場に向かう途中に城島に言われたことばを告げる。

「ああ、基本的にはそうだ」

　係長はのんきそうに、椅子をぎいぎい鳴らしながら言った。はじめて会ったとき、「この人は、穏和な顔のわりに厳しい捜査で、犯罪者から『ホトケのトリイさん』などと呼ばれているのに違いない」と考えたことを、ふいに思い出す。

「とはいえ、會川くんは、まだ刑事課に配属されて二日目だからな。いろいろわからないこともあるだろう。とりあえず、城島の下からは離れてくれ。そのかわり、別の奴にいろいろ教えさせるから」

　係長は立ちあがって、部屋中を見回した。

「おい、黒岩はどうした？」

　係長の質問に、そばの机に座っていた男が答える。

「今日は遅くなるって言っていましたよ。報告だけ入れて直帰するんじゃないですか？」

　まだ入ったばかりで、十人近い強行犯係の全員の名前など覚えていない。覚えているのは、鳥居係長と、圭司の教育係を担当してくれることになっていたはずの城島と、もうひとり、隣の席になった西野という、圭司の次に若い刑事だけである。

　西野から、「城島さんは南方署一の敏腕刑事だ」と聞いていた。そんな人に教育してもらえることを楽しみにしていたのに、なにも教えてもらえないまま外されてしまうなんて、悲しすぎる。

ため息をつきたいのを堪(こら)えて、圭司は下を向いた。

それに、黒岩というのはどんな人間なのだろう。ヘマをしたあとに、その人とコンビを組むことになるなんて、もしかしたら、刑事課のお荷物だったり、すごい変人だったりするかもしれない。そうして、自分も同じように刑事課のお荷物コースを歩み始めることになるのだろうか。

圭司の落ち込みなど気にもせず、係長は話し続けた。

「一週間前、もうひとつ殺人事件があった。すでに初動捜査は終わって、犯人もほぼ確定されたから、府警も手を引いている」

その事件のことは昨日聞いた。夫が殺されて妻が姿を消した。物的証拠から見ても、妻が殺したことに、ほぼ間違いがない。あとは妻の行方(ゆくえ)を捜すだけだという話だった。

「會川くんにはそちらの方にまわってもらうから」

係長は立ちあがって、圭司の肩をぽんと叩いた。

「はじめてのこと続きで疲れたやろう。今日はもう帰っていいから」

寮にはもう明かりがついていた。

別に不自然なことではないのだが、よけいに気が重くなる。今夜はひとりでぼうっと酒でも飲みたかった。

それに、いろいろ話をせがまれるに違いない。まだ、失敗を笑って話せるような状態ではない。

とはいえ、寮の前でいつまでも突っ立っているわけにはいかない。圭司はあきらめて階段を昇った。

ポケットから鍵を出して、ドアを開けた。それとほぼ同時だった。

ぷしゅー、という、なにかが噴射される音がして、激しい刺激臭がした。

シャンプーが入ったような目の痛みと同時に、咳が止まらなくなる。

げほげほとむせながら、その場にしゃがみ込んだ。なにが起こったのかわからないが、だれのせいかは見当がつく。

なんとか、咳が落ち着くのを待って、圭司は涙目で顔を上げた。

思ったとおり、玄関には會川宗司が足を踏ん張って立っていた。１８５センチを超える長身と、がっしりとした体格のせいで、まさに仁王立ちそのものである。

「ソウ……。おまえ、なにしてん……」

怒鳴りたいが喉が痛くて、声が出ない。かすれた声でそう抗議した。

「これ」

目の前に差し出されたのは、静電気防止用のスプレーだった。

「昨日、うちの交番の近くのOLが、下着泥棒をこのスプレーで撃退したって言ってたから、どれだけ効果あるもんかな、と思って」

「だからって、なんでいきなり、おれに使うねん……」

「ケイ、頼んだら、試させてくれたか？」

「アホか、自分でやれや」

「なんで、自分でそんな苦しそうなことせなならんねん」

圭司はよろよろと部屋に入って、マットレスだけのベッドの上に倒れ込んだ。

「……ああ、なんでこんなアホが、兄貴なんやろ……」

さすがにムッとしたのか、宗司の声がする。

「アホ言うな。おれかて、昨日今日でアホになったわけちゃうぞ」

「二十五年かけて、アホになったんや……筋金入りのアホや……」

チェストの上に陣取っていた三毛猫の太郎が、同意するようににゃーんと鳴いた。

もちろん、このシンプルの上にシンプルを重ねたような名前も、宗司の命名である。

ベッドに横たわっても吐き気は治まらない。

「ソウ、そのスプレー、身体に害はないんやろうな……」

「あるやろ。人に向けてスプレーしないでくださいって、書いてある」

どっと疲労感が増す。圭司は枕に顔を埋めた。

「あかん……、おれ死ぬ……」

「死んだら、労災下りるかなあ」

下りるか、アホ、と毒づこうとした瞬間、太郎が背中に飛び降りた。

「ぐえ」

「あははは」

宗司は、膝をぱんぱん叩いて、笑った。

心底脱力して、圭司は呻いた。

「ああ……、おれの身内はみんな冷血漢や……。おれが落ち込んで帰ってきているのに、こんなひどい仕打ちを……」

「なんや、落ち込んでいたんか？　なにがあってん」

そう尋ねられてから、今日の出来事は宗司に黙っておくつもりだったことを思い出した。だが、もう遅い。ここで口をつぐむと、一晩中、「なあなあ、なにがあってん」

とつきまとってくるのに違いない。

こんな巨大な幼児のような男が、自分のふたつ上の兄で、しかも同業者であるなんて、考えただけでも鬱になる。まあ、宗司は、交番の制服警察官という立場に満足しているようで、圭司のように少しでも上を目指そうなんて、まったく考えてはいないようである。

「なああなあ、なにがあったんや」

ぐいぐいと揺さぶられた。圭司は、手を伸ばして言った。

「水汲んできてくれ。そうしたら話したる」

宗司は素直に、マグカップに水を汲んできた。それを飲み干して、洗面所で顔を洗った後、圭司は、今日の出来事を話した。

宗司は、太郎を撫でまわしながら、黙って話を聞いていた。

「でも、次に担当になったのも、殺人事件なんやろ。じゃあ、同じことやないか」

「アホか。いちばん肝心なのは、初動捜査や。事件が起きてから一週間で、九十パーセントのことがわかるんや。それが終わった後にまわされたって、地味な作業しかあらへん。それに、犯人がほとんど確定しているんやで。後は、犯人を追っかけるだけやないか」

「へえ、くわしいな」

「おまえ、かって、警察官やないか」

「おれは、市民の安全を守るおまわりさんやもん。犯罪捜査のノウハウなんか知らんがな」

そう言いながら太郎の喉をくすぐって、ごろごろ言わせている。

たしかに、大柄で、筋肉質なのに、人懐っこい顔の宗司は、いかにも頼りがいのある「おまわりさん」という雰囲気である。兄弟でも、やっと警察の採用基準に到達する程度の体格で、顔立ちも神経質そうな、圭司とはまったく似ていない。

高校を卒業してすぐに警官になったから、大学に行った圭司よりもずっと経験を積んでいるのに、未だに巡査のままである。

（まあ、こういう警官も必要だよな）

太郎の顎の下の皮を、伸ばして遊んでいる宗司を眺めながら、圭司はぼんやりと考えた。

突然、宗司が顔を上げて言った。

「そういや、明日から、組む刑事さん、たしか黒岩という名前だったよな」

「ソウ、知っているのか？」

がっくりとベッドに俯せになる。

「でも、いかにも強面の刑事、という名前やないか？　きっと、刑事ドラマに出てくるような渋い男やで」

「ほんなら、細田さんは、みんな細いんかい」

「それでも、黒岩という名前で、ひょろひょろで青白いおっさんが出てきたら、なんか詐欺みたいや」

相変わらず、宗司の発想は子供っぽい。圭司は、ため息をついて起きあがった。

「風呂入ってもう寝るわ。おやすみ」

「おう、おやすみ」

太郎を抱いて、宗司も立ちあがった。部屋を出ていく前に、振り返ってにやりと笑う。

「さっきの話、美紀ちゃんにもしてええか？」

思わず、枕を投げつけようとしたが、一瞬だけ、宗司の方が早かった。ドアが閉まり、笑い声だけが聞こえる。

圭司はまたベッドに横たわった。

「知らん」

明日から、どうなるのだろう。

重い気持ちのまま、出勤する。

さすがに殺人事件が起きた翌日の刑事課は、慌ただしく、人が出たり入ったりしている。圭司に声をかけてくれる人もいない。なにをしていいのかもわからず、圭司は無意味に抽斗(ひきだし)の中の整理をしていた。

「あんたが、會川くん？」

いきなり上から声が飛んできた。顔を上げると、背の高い女性がそこに立っていた。

「はい……そうですけど」

百歩譲って、美人と言えなくもない。だが、それよりも冷たく、気の強そうな顔立ちが目立っていた。薄いレンズの眼鏡(めがね)をかけ、指に吸いかけの煙草(たばこ)を挟んでいる。肩までの真っ黒な髪と、飾りのないシャツとタイトスカート。

漫画で、オールドミスを描いたら、こんな感じになるだろう、という外見の女性だった。初対面の人間との会話だというのに、笑顔の気配すらない。

「鳥居係長から聞いているわよね。今日から、一緒に捜査に出ることになった黒岩だけど」

思わず心の中で、「詐欺だ」と呟いてしまった。宗司の思考回路を笑えない。

目の前の女性は、豪快で強そうな苗字には不似合いな、神経質そうな人だった。まあ、性格が黒そうで固そうだという意味では似合っていると言えるかもしれないが。

圭司はあわてて立ちあがった。

「よろしくお願いします。會川圭司です」

「ふうん、圭司くん。圭司刑事ね」

彼女は、別におもしろくもなさそうに、そう言った。

西野の灰皿で煙草を押しつぶすと、圭司に背を向けて歩き出した。

「これから、現場といくつか関係あるところをまわるから、支度して」

「あ、あの……、ぼく、まだ、くわしいことをまったく聞いていないのですが……」

「車の中で説明するわ」

紺のジャケットを羽織ると、彼女は鞄を持って刑事課を出ていこうとする。置いて行かれないように、あわてて圭司も支度をした。

コートに袖を通しながら、階段を下りる彼女を追いかける。

車のドアを開けて、彼女は運転席に乗り込んだ。圭司も助手席に座る。

いささか乱暴に、車を動かしながら、彼女は言った。

「で、なにをしたの？」

「へ？」

思わず間抜けな返事をしてしまった。呆れたような顔で見られて、あわてて姿勢を正す。

「なにって、なんのことですか？」

「新人が、三日目でわたしの相方にまわるなんて、滅多にないことだから、なにかしたんじゃないかと思って」

圭司はうっ、と返事に詰まった。

なんて説明しよう、と思うと同時に、やはりこの人は刑事課のお荷物だったのだ、と暗い気持ちになる。

「ええとですね……死体を見て、失神してしまって」

「なんだ、そんなこと、可愛いもんじゃない」

「はあ……」

ちょうど警察署の門を出るとき、彼女は顎で、塀を指した。

「ほら、あそこのとこ、ぼっこりえぐれているでしょ」

「はい」

たしかに言われたとおり、塀の一部がえぐれたように欠けている。

「あそこぶつけたのが、わたし。配属されて一週間だったかなあ」

絶句している内に、彼女ははじめてにっこりと微笑(ほほえ)んだ。

「仲間ね」

そんなわけのわからない仲間にはなりたくない。

圭司の失態はそれだけではないのだが、どう説明していいのか迷っている内に、赤信号で止まった。彼女は、鞄からファイルを取り出して、圭司の膝に投げた。

「今から犯行現場のホテルに向かうから、その間に目を通しておいて」

「は、はい！」

こんな、性格のきつそうな女性と一緒に、刑事課のお荷物コンビにはなりたくない。これでも、少しでも上に進みたいと思っているのだ。

そのためには、この捜査で良い働きをして、昨日の失敗を取り返さなくてはならない。圭司は気を引き締めて、ファイルをめくった。

「あ、遺体の写真もあるから、失神しないでね」

言うのが少し遅い。もろに、現場の写真を見てしまって、吐きそうになるのを必死で堪えた。

「被害者の名前は、小早川卓雄、三十歳、大阪市の家電メーカーに勤務。六ヶ月前に、妻の梓と結婚」

黒岩刑事は、まるで箇条書きでも読み上げるように、すらすらと喋った。

「まだ、新婚じゃないですか」

ファイルをめくると、卓雄が妻らしき女性と一緒に写っている写真があった。卓雄の方は、眼鏡をかけた、大人しそうな印象の男性だが、梓は、派手な顔立ちの美人だった。ただ、服装がひどく野暮ったくて、その美しさが異質な気がした。

気持ちを落ち着けてから、もう一度、現場の写真に戻る。

ホテルのベッドらしきところで、卓雄が死んでいた。胸には深々とナイフが突き刺さって、柄が血に汚れている。

眼鏡はずりおち、まくれあがった唇から、紫色の歯茎がのぞいていた。

「顔を殴られたみたいですね」

「ええ、死の寸前に乱闘があったみたいね。睡眠薬を飲まされていたのだけど、目が覚めたのでしょう」

次に、バスルームの写真。壁や、洗面台の蛇口に、血痕が残っている。だれかが血の付いた手で触れたのだろう。

「これ、指紋は……？」

「確定はしていないけど、間違いなく梓のね。彼らのマンションからは、この指紋がいちばん多く発見されたわ。あとは、卓雄の指紋がほとんどだったし」

なるほど、これでは他の可能性など考えられない。梓が殺したことに間違いないだろう。凶器に付いていた指紋は拭われていたらしいが、焦っていてそこらの指紋を拭うのを忘れたのだろう。

「第一発見者は、ホテルの従業員。チェックアウトの十二時を過ぎても、フロントにこない客を怪しんで、部屋に電話をかけたけど、応答はない。急病の可能性もあるので部屋に確認しに行って、死体を発見したらしいわ。ほら、着いたわよ」

言われてあわててファイルを閉じた。車は、新大阪駅近くにある、ノースオオサカホテルの駐車場へと入っていった。現場はこのホテルの一室である。

ノースオオサカホテルは、ビジネスホテルよりも少しだけ、高級感があるといった感じのホテルだった。かといって、シティホテルほど、気取った感じもない。

車を降りて歩き出す黒岩を、圭司は追った。

「現場の部屋は、まだ客を泊めていないんですか？」

「今朝、確認してみたんだけど、まだらしいわ。もちろん、クリーニングはもうしてしまったけどね。殺人があった部屋に、そう簡単に客を泊めるわけにもいかないんでしょう」

彼女は早足でロビーに入っていった。

中途半端な広さのロビーが、このホテルの位置づけの微妙さを表していた。ビジネスホテルほど、簡素でもなく、かといって、豪華と言えるほどでもない。

小さなラウンジを通り過ぎ、フロントへとまっすぐ向かう。

フロントの男性が、軽く頭を下げた。どうやら、すでに黒岩とは顔見知りのようだ。

「さっき、マネージャーには電話したんだけど、部屋をまた見たいの」

「かしこまりました。伺っております」

「それと、芝田(しばた)さんって、今日はシフトで出ているかしら」

「あいにく今日は休みになっていますが……明日出勤してきたら、連絡させましょうか」

「別にいいわ。それほど急ぎの用件じゃないの」

まだ、完全に情報を頭に入れたわけではないから、ただ黒岩の後ろで立っていることしかできない。話が見えないことが、歯がゆくていらいらする。

鍵を受け取ると、黒岩はエレベーターへと向かった。

圭司も、ホテルマンにお辞儀をすると、黒岩を追った。エレベーターに乗り込むと同時に、黒岩は圭司の方を向いた。

「言うのを忘れたけど、他の客がいる場所では、警察っぽい振る舞いや、話題を出すのは厳禁ね」

「でも、この事件は新聞にも報道されたんじゃないですか？」

圭司もしっかり新聞で読んだ。ノースオオサカホテルの名前も出ていたはずだ。南方警察署の所轄だな、と思ったことを覚えている。

「だからといって、警察がうろうろしているホテルが、気持ちいいと思う客もいないでしょう」

ぴしっと彼女の指が圭司の前に突き出された。

「気をつけてね。言っておくけど、わたしは、デリカシーのない振る舞いっていうのが、この世でいちばん嫌いなの」

人の顔を指さして喋るのは、デリカシーのない振る舞いではないのだろうか。そう思ったけど、口には出さずにおいた。

「警察なんて、デリカシーのないことばかりしなきゃならないじゃない。せめても、気をつけるところは気をつけたいのよ」

彼女がそう呟いたのと、同時に、エレベーターのドアが開いた。

黒岩は、戸惑う様子も見せずに、いちばん端の部屋まで歩いていって、鍵を開けた。何度も部屋にきているのか、慣れた感じだ。

おそるおそる部屋に入って、安心する。先日のホストの部屋のような血の匂いは、もう残っていなかった。

中は、ありふれたホテルの一室だった。セミダブルのベッドがふたつ、仲良く並んでいる。あとは、デスクと椅子、窓際にひとりがけのソファとオットマンがひとつ。しばらく使うつもりがないのか、ベッドにはベッドカバーはかかっていなかった。

このベッドの上で、小早川卓雄は殺されていた。写真の死顔を思い出すと、酸っぱいような唾があふれてくる。あわててそれを飲み込んだ。

「被害者が殺されていたのは、手前の方のベッドね」

彼女はつかつかと歩いていって、窓際に立った。圭司はそっとベッドを撫でた。糊の利いたシーツの冷たさが、死体に直接触れたような寒々しさを呼び起こす。

先ほどから、胸に引っかかっていた疑問を、圭司は口に出した。

「あの……小早川卓雄は、大阪のメーカーに勤めていた、と言いましたよね」

「ええ、そうよ」

「それなのに、どうして大阪のホテルに泊まっているんですか?」

黒岩は、ソファに腰を下ろした。長い足を組んで、目を伏せる。

「そう、それがわからないのよ」

少し黙った後、また口を開く。

「小早川の家は、西宮名塩だから、近いとは言えないけど、充分に通勤圏内のはずなのよ。ホテルに泊まった理由がわからない」

「チェックインしたのは、間違いなく卓雄なんですか?」

「ええ、それは確認済み。彼がひとりでチェックインしているわ」

圭司は少し考え込んだ。

「不倫の可能性はないんですか?」

「まったくないとはいえないけど、殺人が行われたのは、深夜から明け方のはずなのに、ベッドには卓雄以外が泊まった痕跡はなかったわ。梓の指紋や、髪は発見されたけど、彼女がベッドに寝た痕跡もなかった」

彼女の目がふいに、鋭さを増した。苛々と、指で膝を打つ。

「ねえ、會川くん。係長もみんなも、この事件は簡単に解決するものだと、思っているみたいだけど、わたしはそうは思わない。逮捕状だって、待ってもらっているの」

「どうしてですか？」

たしかに、行方不明になった梓を捜すのは難しいかもしれない。だが、これほど明らかに犯人の見当がついた事件ならば、迷宮入りなんてことはないだろう。

彼女は足を組み替えて、圭司を凝視した。長すぎる前髪をかきあげて、呟いた。

「動機がないのよ。梓が、夫を殺す理由なんか、ひとつもないのよ」


ホテルを出て、車に戻った瞬間に、黒岩が言った。

「で、次はどこに行く？」

いきなり尋ねられて、圭司は戸惑った。

「どこ……と言われても……」

この人のペースに振り回されていただけで、まだ事件の詳細すら把握しきれていない。黒岩は、眉(まゆ)を吊(つ)り上げて、こちらを睨(にら)んだ。なにもしていなくても、きつい表情なのに、睨み付けられるとよけいに怖い。

「あんたのために、事件に関係のある場所を、まわってあげてるんじゃないの。わたしひとりだったら、さっさと梓の行方を捜したいわよ。あんた、事件の詳細もわかんないまま、わたしにくっついてくるだけでいいの？」

「よくないです！」

考えるより先に、口が動いていた。

「でも、まだこのファイルにもきちんと目を通していない状態で、どこに行きたいかなんてわかりませんよ。せめて、もう少し時間を下さい」

先輩にあたる刑事に、こんな口答えをするなんて、自分でも信じられなかった。だが、受け取ったボールを投げ返すように、そう言ってしまっていた。

口を閉じてから、しくじったかもしれないと思ったが、黒岩は、ふうん、と鼻を鳴らしただけだった。

「じゃあ、今日は帰って、署でファイル読んでいなさい」

冷たい言い方だったが、圭司の希望はかなえてもらったわけだ。少し不安に思って、黒岩の顔を見たが、それほど怒ったような顔はしていない。

「はい、さっさと車、降りる」

黒岩は助手席から、圭司を押しだそうとした。

「え、署に帰るんじゃないんですか？」

「帰るのはあんただけ。わたしはまだすることがあるから」

「どこへ行くんですか？」

「ないしょ。追いついてきたら、教えてあげる。それまで署で宿題してなさい。坊や」

「な……」

言い返したいが、今度はことばが浮かばない。目の前で、ドアが閉まり、車は走り出した。


動機のない殺人なんて、存在するのだろうか。

ファイルをめくりながら、圭司はそう考えた。

小早川梓、三十歳。夫と同じ年。市内のインテリアショップで働いている。

黒岩が言ったとおり、彼女がどんな理由で殺人をしたのかは、紙の上に記された文字からは、なにも見えない。

卓雄にも梓にも、愛人などはいなかったたし、夫婦仲は良さそうだったと、卓雄の同僚や、近所の人たちは証言している。多少の生命保険はかけられていたが、常識的な額で、そのために殺人をするとは思えない。

ぼんやりしていると、西野が帰ってきた。

「よう、調子はどうや？」

「なんとか、頑張っています……」

着ているものは灰色のスーツだが、髪を茶色く染めて、赤いシャツなど着た西野は、あまり刑事に見えない。どちらかというと、タチの悪いチンピラのようである。ニックネームをつけるのなら、チンピラかゴロツキだな、などと、なんとなく考える。

ひょい、と圭司のファイルを覗き込む。

「ああ、その事件……、まだ嫁の方が見つからないんやな。どっか地方の方へ逃げたんかもしれんなあ」

そんなことを言う西野に尋ねてみる。

「動機について、なにか出ている話はありませんでしたか？」

「ああ、動機がはっきりせえへんらしいな。でも、それは、本人を捕まえて、自白させれば、すっきりするんちゃうか」

「そうですか……」

なにか見解を持っている人がいるかと期待したが、やはり黒岩の言うことが正ししかったらしい。

西野は隣に座って、鞄からサンドイッチを出して、食べ始めた。そう言えば、圭司も昼食を取っていなかったことを思い出した。

休憩を取ろうと立ちあがってから、気が変わった。もう一度座って、西野に尋ねる。

「西野さん、黒岩さんって、どんな人ですか？」

「んー？」

音を立てて、サンドイッチを飲み込むと、西野はこちらを向いた。

「どんな人って、今日会ったんやろ？」

「会いましたけど……えと、城島刑事みたいに敏腕とか、それともその逆とか……」

さすがに「刑事課のお荷物ですか？」とは尋ねられない。

「うーん」

西野は大げさに頭を抱えて見せた。

「俺も、一緒に組んだことはないから、詳しいことまでは知らんけど、まあ、仕事はできるみたいやで」

それを聞いて、少し安心する。まあ、あんな性格で仕事ができなければ、問題がありすぎるだろうが。

「でも、なんというかな、その……」

西野は適切な表現を探すように、ことばを区切った。

「変わり者」

「ああ……」

やっぱり、と言いたいのを飲み込んだ。

「なんか先輩たちも、扱いに困っているような感じやな。お荷物とか、嫌われ者とかいうのでもないんやけど、なんか、こう微妙な存在」

自分も、その「微妙な存在」になってしまうのだろうか。そう考えると、気が重くなる。

「で、女史は、どこ?」

言ってから不安になったのか、西野はサンドイッチを持ったまま立ちあがって、課内を見回した。

「おれに宿題出して、どっか行きました」

どうやら、黒岩は女史と呼ばれているらしい。あまりにもぴったりである。

西野は安心したように座り直すと、圭司の肩を、ぽんと叩いた。

「ま、気まずいかもしれんが、うまいことやったらええねん」

新人には荷が重いよ。心の中でそう呟いて、圭司はファイルに戻った。


結局、その日、黒岩は戻ってこなかった。

なんとなく置いてきぼりを喰らったような気持ちで、とぼとぼと家に帰った。

ドアを開けると、部屋は真っ暗だった。

太郎が、ごはんを催促するときの声で鳴いて、床をかりかりと掻いた。どうやら、宗司は今日は夜勤のようだ。

見れば、冷蔵庫にメモが貼ってある。

「美紀ちゃんより、デンワあり」

へったくそな字で書かれたそれをしばらく凝視した。

彼女が、自分のことを心配していることはわかっている。電話をして、安心させてあげなければならないとは思うが、どうもそんな気分になれない。

（とりあえず、なんか自慢できることがあってからだよなあ）

逃げるように、そんなことを考えて、圭司はメモを握りつぶした。

第二章

牛の背は、なまあたたかく、かれ草のにおいがしました。

さいしょ、ルカは、しがみついているのがやっとでしたが、そのうちに、まわりを見ることができるようになってきました。

はじめて見る神さまの山でした。うつくしい花がさきみだれているか、それとも、空も見えないほど、木がおいしげり、まっくらなのか、と思っていたのに、神さまの山は、こちらがわ、いいえ、もうあちらがわになってしまっていましたが、ルカが住んでいた山とあまり変わっていませんでした。

人がつくった道のかわりに、けものの道があり、どこにもわらの家や、畑がないということだけが、少しちがいました。

神さまはいったい、どこにいるのでしょう。ふり落とされないように、牛の背にしがみつきながら、ルカは考えました。

ささげものになるということは、どういうことなのでしょうか。ルカの村では、よく神さまにお供えものをします。芋や、麦の粉で練ったパン、川の魚などを、おまつりのたびに神さまに供えます。神さまは、じっさいに、それを食べることはありません。お供えものは、おまつりが終わったあとに、みんなで食べるのです。

だとすれば、とルカは考えました。神さまは、ルカのことも、食べたり、殺したりせず、あのお供えものと同じように、村に帰してくれるかもしれない。

そう思うと、少しだけ、勇気がわいてきました。

牛はいつまでたっても、止まろうとせず、ただ、ひたすら、山のおくへと歩き続けていました。

どのくらい歩いたでしょう。

目の前に、灰色のけものが飛び出してきました。牛はおどろいて、ルカをふり落として、山のおくへと走っていきました。

「やあ、めしがやってきたな」

灰色のけものは、金色の目をらんらんとさせながら、そう言いました。

ルカは驚いて、言いました。

「わたしは、あなたのごはんじゃないわ」

そう言ってから、少し考えて、もういちど口を開きました。

「それとも、あなたが神さまなの？」

神さまだとしたら、あまりにもやせっぽちで、毛なみが悪く、そうして品がありません。

「神さま？　おれが？　おれはただのおおかみさ」

これが、話にきいたことのあるおおかみなのでしょうか。おおかみは人を殺して食べるといいます。あちらの山には、そんな生き物は住んでいませんでしたが、旅に出たことのある人が、おしえてくれました。

ルカは怖くて、ふるえながら、それでも言いました。

「わたし、神さまへのささげものなの。だから、あなたに食べられたら、こまるわ」

「あんたがそう言うのも、もっともな話さ。でも、神さまは、あんたをおよめさんにするわけじゃないし、めしつかいにするわけでもない。あんたが生きているうちは、神さまへのささげものにはなれない。この山をさまよって、うえて死ぬか、それとも、別のおおかみに食べられるか、どちらかだ。なら、おれが食べたっていいじゃないか」

そう言うと、おおかみは長い舌で大きく舌なめずりをしました。

ルカはおそろしくなって、走って逃げました。おおかみに食べられるのなんて、ぜったいにいやです。

本当に、いっしょけんめい走ったのに、おおかみはかるがると、ルカに追いつきました。

大きな前足で、ルカの背中を押さえ付けて、はあはあとあらい息を吐きました。なまあたたかい、おおかみの息がかかって、ルカはきぶんが悪くなりました。

ルカは叫びました。

「食べないで！」

ふり返ると、おおかみはとてもかなしそうな顔で、ルカを見下ろしました。

「あんたがそう言うのも、もっともな話さ。でも、あんただって、おなかがすいたら、なにか食べずにはいられないだろう。あんたはなにを食べるんだ」

本当はこわくて、そんなことをはなしたくなんてありませんでした。でも、しゃべらなければ、食べられてしまうと、ルカは思ったのです。

「わたしはお芋や、魚を食べるわ」

おおかみは言いました。

「ああ、おれも、そんなものを食べて生きられればいいのに。芋や魚は、食べられるとき、かなしい顔をしたり、こわがったりしないだろうになあ」

おおかみは、顔をルカに近づけました。よだれが顔にかかって、ルカは息をのみました。

「でも、おれは、生き物の肉しか食べられない。それに、おれ、もう十日もなにも食べていないんだ」

それを聞いて、ルカは、おおかみがかわいそうになりました。もちろん、だからって、食べられるのはぜったいにいやです。

いやですが、ルカだって、おなかが空いたら、魚を殺して食べるのです。おなかが空いたおおかみが、ルカを殺して食べるのは、自然なことなのでしょう。

おおかみは、かなしそうな目で言いました。

「悪く思わないでくれよ。かわいらしいおじょうさん」

それから、おおかみは大きな口を開けました。

のどにかみつかれたとき、ルカはこう思いました。

食べられるって、なんて痛くて、苦しいことなんだろう、と。

西宮名塩は、兵庫県、宝塚の向こうにある。

快速を使えば、大阪市内まで一時間足らず。近年、開発が進んだ新興住宅地である。

今朝、出勤すると同時に、圭司は黒岩に車に押し込まれた。まるで拉致するような勢いで、小早川夫妻の家に向かうと知ったのは、高速に乗ってからだ。

黒岩は、あいかわらず険しい表情で、ハンドルを握っていた。かなり強引な運転で、どんどん前の車を抜いてゆく。

「で、どうだったの？」

いきなり、問いかけられて、圭司は戸惑った。

「どうって言いますと……？」

「資料よ。時間をあげたんだから、きちんと読んだんでしょうね」

どうして、この人は、主語を省くのだろう。げんなりしながら、圭司は言った。

「読みましたよ。隅から隅まで」

「で、なにか感想はないの？」

「感想って……」

ここで、びしっと、かっこいいことが言えればいいのだが、正直なにも思いつかない。物的証拠から言っても、殺したのは妻の梓だろう。だが、黒岩の言うとおり、なぜ、そんなことをしたのかはわからないままだ。

「なんでもいいの。思いついたことを言ってみて。新人だから、気がつくって、こともあるはずだから」

そう言われて、おずおずと圭司は口を開いた。

「気になったのは、ふたりとも再婚だということです」

「それが？　最近では別に不自然じゃないでしょう」

「でも、ふたりともですよ？」

たとえば、小早川夫妻が四十代ならば、まだわかる。だが、ふたりとも三十になったばかり。二十代で、離婚を経験する人間は、まだそれほど多いとは言えないはずだ。

「ふたりの元の配偶者は、どうしたんですか？」

与えられたファイルには、そのあたりは書かれていなかった。

「梓の方は、もともと奈良に住んでいて、卓雄との結婚を機に大阪にでてきたから、前の夫はまだ奈良にいるはずよ。卓雄の前妻は、大阪だけど、つき合いは途絶えているらしいわ」

やはり関係はないのかもしれない、そう言いかけたとき、黒岩はことばを継いだ。

「でも、そちらの方も、洗い直す価値はあるかもしれないわね」

圭司は驚いて、運転席の方を向いてしまった。

「なによ」

「……いえ、なんでもありません」

どうも、この人はきついのか、優しいのか、わからない。圭司を気遣って、そう言ってくれたのかと思ったが、表情は険しいままだ。

黒岩はふうっとため息をついて、呟いた。

「遠いわけじゃないかもしれないけど、近いというわけにもいかないわね」

それが、目的地への道のりのことだと気づくのには、少し時間がかかった。

たしかに高速に乗ってから、もうずいぶん経っている。まわりはいつのまにか山に囲まれていて、なんだか旅行にでも行くような気分だ。

「ほら、あそこ」

ふいに、黒岩が上方を指さした。

それは不思議な眺めだった。山の中腹に、密集するように住宅やマンションがいくつも建っていた。集落というのには、あまりに近代的な建物が、山の中ほどに集中しているところが、違和感を感じさせる。

建物の集まっている部分から、一本の長いエスカレーターがふもとへと延びている。なんだかSF映画で見たような風景だ。

「あそこが、名塩」

新興住宅地だとは聞いていたが、あんなに唐突に、山の中にあるとは思っていなかった。圭司は、車の窓からまじまじと、その住宅地を眺めた。

高速を下りて駅の近くに車を停めた。先ほど見たエスカレーターで、山の上へと登る。

自然に囲まれていて、清潔そうで、近代的で。頭では住みやすそうだと思うのに、感情がそれを拒否しているような感じだった。

この町には、人が住んできた歴史がないからかもしれない。そうなふうに圭司は考えた。

エスカレーターを下りると、マンションの建ち並ぶ地域だった。中に入ってしまえば、外から見たときのような、違和感はない。整備された新しい町にしか見えない。公園からは子供の声が聞こえてくる。

もう、何度もきているのか、黒岩は迷うことなく、早足で歩く。同じ形のマンションがいくつか並んでいる中の、ひとつを選んでまっすぐ入っていく。

「小早川の部屋は、503号室」

彼女は、圭司が聞く前にそう言った。

「部屋にはもう、だれも住んでいないんですよね」

圭司の質問に、黒岩は黙って頷いた。小早川夫妻に子供はいなかったし、同居している人間もいないはずだ。

エレベーターで五階に上がった。昼前という時間帯のせいか、ひどく静かで、まるでだれも住んでいないようだ。

「ここ、分譲なのよ。まだ、半年前に建ったばかり。もったいない話よね」

新しい自分の家と、新婚家庭。人生で、そんなものを手に入れる時期なんて、ごくわずかなのに、そんな時期に、彼らになにがあったのだろう。

503号室の前へくると、黒岩はポケットから鍵を出して、ドアを開けた。

主がいないせいか、むっとこもったような匂いがして、圭司は眉をひそめた。

「一度探しているから、明らかに重要なものは出てこないと思うけど、それでももう一度、徹底的に探してみて。特に重要なのは、梓の行き先のヒントになるものと、それから……」

「動機に関係するものですね」

黒岩は頷いた。

よくある3LDKの間取り、玄関から、自然に進んでいくと、リビングルームに着く。大きなテレビの上に、ふたりの結婚式の写真が置いてある。まさか、この六ヶ月後に、妻が夫を殺すなんて、この結婚式の場にいた人たちは、考えもしなかっただろう。

気配を感じてふり返ると、黒岩が腕を組んで立っていた。

「ああいうものを飾るのって、あんまり好きじゃないわ」

顎でしゃくるように写真を指す。

「どうしてですか？」

「なんかね、幸せですって、言わんばかりじゃない？　わざわざそういうのを演出しようとするのって胡散臭い。本当は自分の幸せに不安があるんじゃないかと思うのよ」

「考えすぎじゃないですか？」

そう言うと、きっと睨まれた。

「いい？　人を観察するためにはね、その人が、言っている内容だけじゃなく、どうして、そんなことを言うのかも、考えに入れなければダメなのよ。そこに重要なものが隠されていることが多いんだから」

その考え方で言うと、結婚式の写真に過剰な反応を示す黒岩女史は、そういう平凡な幸せにコンプレックスがあるということにはならないだろうか。そんなふうに、一瞬、考えてしまう。

「ともかく、わたしは玄関側を探すわ。會川くんは、リビング側を探して」

「わかりました」

彼女が、廊下の先に歩いていくのを確認して、圭司は大きく息を吐いた。

どうも、彼女と一緒だと、息が詰まる。

本棚や抽斗、クローゼットの中までかきまわした。写真や、メモのようなものを残らず拾い集める。

リビングの隣の部屋は、主に梓が使っているようだった。チェストの上に化粧品が並んでいるし、貝殻で飾られた、きれいなデザインの鏡が置かれている。

女性の部屋に入る疚(やま)しさを感じながら、圭司は中に入った。

一輪挿しのチューリップの花は、変色して、醜く萎れていた。花瓶の水から異臭がして、改めて、部屋の持ち主のことを考えた。

チェストの中身は、衣服やアクセサリーばかりで、あまり参考になりそうなものはない。あとは、窓のそばに置かれた、本棚のみが、この部屋の家具だった。

本棚を覗いて、圭司は首を傾げた。立ちあがって、部屋を出る。

黒岩は、玄関脇の部屋で、クローゼットの抽斗を開けていた。こちらの方は、家具も黒を基調にしてあって、いかにも男の部屋といった印象だ。

「あの……、黒岩さん」

「なにか見つけた？」

たぶん、彼女の方も収穫はないのだろう。険しい表情のまま、圭司を見上げた。

「いえ、大したことじゃないんですけど、梓には、子供はいないんですよね」

「ええ、そうよ」

「前の結婚のときも？」

彼女は、片方の眉だけを動かした。

「そう聞いているわ」

「今、妊娠しているとか、そういうこともないんですか？」

「たぶんね。もちろん、本人が知っていて黙っているとか、本人も気づいていないという可能性は捨てられないけど」

彼女はスカートの皺をのばして、立ちあがった。

「どうしたの？　子供に関するものでもあったの？」

「彼女の部屋の本棚なんですけど……」

黒岩は、圭司が案内しようとする前に、横をすり抜けて、梓の部屋へ向かった。あわてて、後を追いかける。

本棚に手をついて、まじまじと中を見る。圭司は少し後ろで、黒岩の返事を待った。

「絵本や、児童書ばかりね。そういう研究でもしていたのか、それとも、単にそういうのが好きだったのか……」

独り言のように、そう呟きながら、視線を動かす。

「別に、子供がいるとかじゃなくても、童話や絵本が好きな人はいるからね」

「でも、不自然じゃないですか？」

彼女は頷いた。

「そうね。徹底しているわ。大人の本は一冊もない。たしかに変わっている」

彼女はポケットからデジタルカメラを出した。それで、並んでいる本の背表紙を何度か写した。

少なくとも、自分が言ったことが無視されたわけではない、と気づいて、ほっとする。

結局、夕方近くまで部屋中を探しても、明らかな手がかりは見つけられなかった。

いいかげん疲れて、息を吐いたときだった。

「會川くん、これ」

いきなり目の前に、小冊子が差し出される。パソコンのマニュアルだった。リビングの本棚にあったものだ。

「これが、どうかしたんですか?」

「卓雄の部屋のパソコンとは、メーカーが違うのよ」

そう言われて、はっとする。圭司も、これは見つけていたが、卓雄のパソコンのマニュアルだとばかり思っていた。

「會川くん、パソコンにくわしい?」

「普通程度に……ですけど」

「それ、古いパソコンのマニュアルかどうか、わかる?」

ページをめくってみる。ノート型だが、そこそこ機能も充実しているようだ。ちょうど、スペックを書いた用紙も、マニュアルに挟まっていた。

「少なくとも、ここ一年くらいに発売されたものだと思います」

「じゃあ、今あるパソコンの前に、この機種を使っていたというわけでもなさそうね」

「ということは……」

卓雄の部屋にあったのは、デスクトップ型のパソコンだ。だとすれば、このノートパソコンは、梓のではないのだろうか。そうして、今、ここに本体がないとすれば、彼女がこれを、今持っている可能性がある。

圭司は、もう一度マニュアルをめくった。

「メーカーに問い合わせてみるといいかもしれません。ユーザー登録している可能性は高いし」

それにこのメーカーは、独自のプロバイダを持っている。もし、梓がそちらの方とも契約していたら、なにか手がかりが見つかるかもしれない。

黒岩は表情を変えずに頷いた。

「頼んだわ」

署に帰り着いたときには、すでに真っ暗だった。

これから、まだ仕事をさせられるのだろうか、できれば今日はここまでであってほしい、そう思いながら、車を降りて、署の玄関に向かっていたときだった。

「黒岩さん」

若い女性がこちらに駆け寄ってきた。署の人間ではなさそうだ。

「綾さん……」

黒岩は驚いたように足を止めた。

「どうかしましたか。なにか変わったことでも?」

綾と呼ばれた女性は、小さく首を振った。

「ごめんなさい。こちらからは特にないんです。でも、あれからなにか、わかったことはないかと思って……」

しなやかな猫毛が、細い輪郭に沿うように流れている。地味な顔立ちだが、透明感のある、きれいな肌をした女性だった。まだ二十代前半のようだ。

「もしかして、ずっとここで待っていたの? 携帯に連絡くれればよかったのに」

「でも、お仕事中だろうし……」

ひどく控えめな口調で綾は言った。

「貴方からの連絡は仕事のうちよ」

そう言うと、黒岩はいきなり、圭司の方を向いた。

「ちょうどよかった、紹介しておくわ。この人が、新しく、わたしと組んで、お兄さんの事件を担当することになった、會川圭司くん」

お兄さんということばで、やっと気づいた。たしかファイルの中に書いてあった。小早川卓雄には妹がいた。名前は小早川綾。

彼女は深々と、圭司に向かって頭を下げた。

「よろしくお願いします」

こんなとき、どう返事をしていいのか、わからない。こちらこそよろしく、というのも妙だ。そう思いながら、ただ黙って、頭を下げた。

「ともかく、中に入りましょ。こんなところで立ち話もなんだから」

黒岩は先に立って、署に入っていった。綾と並んで、後ろに続く。

「お兄さんのこと、ショックでしょうね」

なにか言わなくては、と思って、そんなことを言ってしまった。当たり前のことだが、こんなときに、気の利いたことを言えると考えるのも、妙な話だ。

彼女はこっくりと頷いた。

「でも、まだ実感が湧かないんです。なんか、みんな嘘みたいな気が、ずっとしているんです。不思議ですね。兄の遺体も確認したのに……」

疲れ切った声で、そう呟く。

たしか、卓雄の両親は遠方に住んでいるから、真っ先に駆けつけたのは、綾だったはずだ。その華奢な肩に、遺体の確認やその他のつらい仕事がのしかかったのかと考えると、痛々しくなる。

刑事課の隅っこにある、古いソファに綾を案内し、黒岩はコーヒーの入った紙コップを持ってきた。

簡潔に、捜査の進展状況を説明する。今のところ、まだ動機はわかっていないということ。今日、小早川夫妻の部屋へ行ってきたということ。そうして、これから、梓の行方に重点を置いて捜す一方、動機についても追及していきたいということ。

綾は下を向いて、黒岩の話を聞いていた。

黒岩は、ゆっくり話し終えると、深く息をついた。圭司に指示を出すときは、ずいぶん早口なのに、意識して話し方を変えているのだろうか。

「あの……」

ふいに、綾が顔を上げた。思い詰めたような声で言う。

「本当に、お義姉さんが、兄を殺したんですか？」

未だに、綾が梓のことを、「お義姉さん」と呼んでいることに、圭司は驚いた。

「わたし、まだ信じられないんです。あのお義姉さんが、兄を殺すだなんて、そんなこと……」

そう言うと、綾は声を詰まらせた。

「たぶん、なにかの間違いです」

綾はさっき、まだ実感が湧かないと言っていた。だから、頭がその事実を拒否しているのだろうか。状況や指紋から見ても、梓がやったことは明白だ。

黒岩は、綾にことわってから、煙草の箱を出した。

「現場の状況からは、そうである確率が高いということは否定できないわ。でも、身近な人間である貴方が、そう考えたということは、ちゃんと頭に入れておきます。どちらにせよ、梓さんの行方を捜さないと……」

圭司はおずおずと口を挟んだ。

「でも、梓さんが殺したんじゃなければ、どうして彼女は姿を消したんですか？」

黒岩が、きっとこちらを睨み付ける。彼女が口を開く前に、綾がこちらに膝を向けた。

「わたし、お義姉さんは、なにか事件に巻き込まれたんじゃないかと思っています。だから、早くお義姉さんを捜してほしいんです」

そう言うと、綾はまた下を向いた。感情をむき出しにしてしまったことを、後悔しているようだった。

「すみません、刑事さんたちは、一生懸命やってくださっているのに……」

「わたしたちは、これが仕事だから、気にしないで」

まだ長い煙草を、灰皿で捻(ひね)りつぶしながら、黒岩は言った。

「貴方と、梓さんは仲が良かったの？」

黒岩の質問に、綾はしばらく考えてから答えた。

「仲が良かった、と言えるのかどうかわかりません。でも、お義姉さんは、兄さんの家に遊びに行ったとき、よくしてくれましたし、お店にもよくきてくれたり……」

「お店？」

圭司の疑問には、黒岩が答えた。

「綾さんは、園芸店で働いているのよ」

「ここです」

差し出された名刺を受け取る。そこには、北里(きたざと)ガーデンという名前が、きれいな飾り文字で記されていた。

「お義姉さん、ベランダでガーデニングをやっていたので、うちで苗や肥料を買ったり、わからないことをわたしに尋ねたりしに、よくきてくれました。それから、わたしのシフトが終わるのを待って、一緒にお茶を飲んだり……そんな程度でしたけど、わたしは、仲良くしていたつもりでした」

梓のことを思いだしたのか、綾の睫(まつげ)が震えた。

「そんな程度のつき合いで、なにがわかるのか、と思われるかもしれないけど、わたしには、義姉(あね)と兄はとても幸せそうに見えました。義姉が、兄を殺すなんて、そんなことあるはずがない」

黒岩は、腕を組んで、しばらく考え込んでいた。

圭司は、戸惑いながら、黒岩と綾の顔を交互に見た。綾はただ、身近な人間が人を殺したということを、信じたくないだけなのではないだろうか。夫婦間の出来事は、たとえ兄妹でもうかがい知れないものなのに。

だが、近くにいた人間にしかわからない、なにかというものも、たしかにあるのかもしれない。

黒岩は腕組みをやめて、身を乗り出した。

「綾さんのおっしゃることはわかったわ。ともかく、梓さんを捜さないとね。彼女の口から、なにがあったのかを聞かないと、わたしも今の段階ではなにも言えないわ」

綾はぺこりと頭を下げた。

「すみません。よろしくお願いします」

綾が立ちあがると、黒岩は圭司に向かって言った。

「會川くん、もう暗いから、駅まで送ってあげて」

「そんな、別にかまいません。ひとりで帰れます」

圭司は、勢いよく立ちあがって、頷いた。

「すぐ、そこですから一緒に行きましょう。ちょうどぼくも駅前のコンビニで買いたいものがあるし……」

綾はそれ以上辞退せず、素直に圭司と一緒に署を出た。

駅に着くまで、綾はほとんど口をきかなかった。尋ねたいことがあって、一緒にきたのだが、どう切り出していいのか迷っている間に、駅に着いてしまった。自分の要領の悪さに嫌気が差す。

彼女は駅に入る前、一度だけにっこりと笑って、頭を下げた。

なんとなく、その笑顔に救われたような気がして、圭司は彼女が見えなくなるまで、その場で見送った。

ドアを開けた瞬間、太郎が走ってきた。

なーん、なーん、と甘えた声で鳴きながら、圭司の足に頭をぐりぐり擦(こす)りつける。見れば、部屋は真っ暗だ。

「なんだよ、二日続けて夜勤かよ。要領の悪い奴め」

子供のときから、損な役回りばかり、押しつけられているような兄だった。とはいえ、本人は、いつもあの、のんき顔なものだから、かわいそうな気にはまったくならないのだが。

靴を脱ぎかけて、気づいた。宗司のくたびれた靴が脱ぎ捨ててある。

「ソウ、帰ってるのか？」

声をかけるが返事はない。足下にまとわりつく、太郎を抱き上げ、台所に移動する。

冷蔵庫を開けて、猫缶の残りを探した。

「ん？」

今朝、半分やって、残りを冷蔵庫に入れたはずの猫缶がない。見れば、シンクの横に、きれいに洗った空き缶があった。

「太郎、おまえ……」

太郎は、ばれたか、という顔で、ぷいと横を向いた。宗司がいないとき、圭司に餌をねだれば、二回ごはんを食べられる、ということを知っているのだ。宗司がいるときには、絶対におねだりをしないあたりも、小賢しい。

床に下ろすと、太郎は、宗司の部屋に入っていった。覗くと、布団がこんもり盛り上がっている。

たぶん、まだ夜勤帰りの疲れで、眠っているのだろう。

冷凍の餃子をレンジで温め、パックのごはんで、夕食にする。食べ終えて、コーヒーを淹れていると、宗司が寝ぼけ顔で起きてきた。

「コーヒー、おれも」

「はいよ」

宗司は台所を通り抜け、洗面所へと行った。派手に顔を洗う音が聞こえてくる。タオルで顔を拭きながら戻ってきた宗司に、コーヒーカップを渡す。

「おまえ、明日は通常勤務やろ。こんな時間に寝ると、夜寝られへんようになるぞ」

「大丈夫や。おれ、いくらでも寝られるもん」

せっかく圭司が、香りよく淹れたコーヒーに、たっぷりと牛乳を注ぎながら、宗司は平然と言った。

「なあ、それより、仕事の方どうやねん」

野次馬根性丸出しの顔で、向かいの椅子に腰を下ろす。圭司は、どっと疲労感を感じて、椅子の背に凭れた。

「この食器、洗ってくれたら、教えたる」

食べた後の食器を指さした。冗談のつもりだったのに、宗司はそれを流しに持っていって、せっせと洗い出した。よっぽど、仕事の話を聞きたいらしい。

「黒岩さんって、やっぱり、ごついおっちゃんやったか?」

「ん、違う。なんか、おっかない、ねえちゃん」

そう聞くと、宗司は、少し首を傾げた。

「微妙やな」

たぶん、この妙な疲労感の半分くらいは、黒岩のペースが読めないせいだと思う。

最初の二日は、緊張はしても、ここまで疲労はしなかった。

食器を洗い終わると、宗司は、布巾とまな板を消毒しはじめた。こういうところがまめなのは、父親がいなくて、母親が働きに出ていたせいかな、などと考えてしまう。圭司ももちろん、家事は分担させられたけど、言われたことを適当にやっていただけだ。

「で、事件の方は進展はないんか」

「ないない、なーんもない」

テーブルにぺたりと、顔をつけながら、圭司はため息をついた。消毒を終えた宗司が、向かいに座る。

「やっぱり、刑事物のドラマとはちゃうなあ。地味やな、地味」

「当たり前や、ソウの仕事も地味やろ」

「そうでもないで。毎日、忘れ物預かったり、徘徊老人を捜したり、たまには変質者も捕まえなあかんしな」

そういうのを地味と言うのだ、と、圭司は心で呟いた。

急に宗司が、ばん、とテーブルを叩いた。

「そうや、おまえ、まだ美紀ちゃんに連絡してへんやろ」

「忙しかったんや。今日ももう遅いし、明日にするわ」

宗司は、少し怪訝そうな顔で、圭司の顔をまじまじと見た。

「ケイ、おまえ、なんか、おれに隠し事してへんか？」

「アホか、なんでおれが、おまえに、包み隠さずなんでも話さなあかんねん」

「いや、そういうことやなく！」

宗司の言いたいことはわかっている。圭司は、ため息をついた。

「してへんよ。単に新しい職場で、緊張して疲れているだけや」

「なら、ええけど……心配かけるなよ」

視線をそらすと、食器棚の上から、太郎がこちらを見ていた。なんだか、こちらを見透かすような表情をしていて、少し笑ってしまう。

宗司に隠し事なんて、本当にしていない。話さないのは、こんな複雑な気持ちを、彼が理解するとは思えないからだ。


翌日は、梓の友人の職場や自宅を数軒まわった。

奈良から、結婚を機に大阪に出てきて日が浅いせいか、梓の友人は少なかった。

高校のときの友人がふたりと、大阪の英会話教室での知り合いが、四人ほど。それだけが、梓の部屋から出てきた年賀状の差出人だった。

高校のときの友人は、ふたりとも、卒業後、梓が大阪に出てくるまで、つき合いが途絶えていたと言った。それでも、高校の卒業名簿を入手することができ、在学中、梓と仲の良かった友人の名前も知ることができた。まったく収穫なし、というわけではない。

最後の友人の団地を出て、車を停めた場所へ向かいながら、ふいに黒岩が呟いた。

「梓って、短大卒なのよね」

一瞬、なにを唐突に、と思ったのだが、すぐに彼女がなにを言おうとしているのか、気づいた。

短大の友人の影が、まったくないのだ。

高校のときの友人はいても、短大の友人がまったくいないというのは、不思議だ。年賀状のやりとりをする程度の相手でさえも。

どうやら、自分も、少し黒岩の思考回路が見えてきたらしい。胸を撫で下ろしたときだった。

横を通り過ぎていった自転車が、少し先で止まった。

「ケイ？」

ふり返ったのは、警察官の制服に身を包んだ宗司だった。

「ソウ、おまえ、どないしてん」

このあたりは、宗司の勤務している交番に少し近いが、かといって、巡回先と言うのには、遠すぎる。見れば、宗司の自転車の後ろには、小さい女の子が座っている。

「んーん、迷子でな。電話番号は覚えてへんけど、家はわかるって言うから、一緒に探しているんや」

女の子は、宗司の服の背中をぎゅっとつかみ、胡散臭そうに、圭司たちを見ている。

宗司は、黒岩の方を向くと、自転車から降りた。

「あ、刑事課の方ですか？　うちの不肖の弟がご迷惑をかけています」

語呂の悪いことを言いながら、ぺこりと頭を下げる。

「あら、お兄さん？」

「そうなんです、残念なことに」

黒岩が珍しいことに、くすりと笑った。

「大丈夫よ。會川くんは、ちゃんとやっているわよ。っと、あなたも會川くんね」

「そうです。宗司です。よろしくお願いします」

「宗司くんと、圭司くんね」

「父がラグビー好きだったんです」

「……納得」

なんだか、なごやかなムードである。少しおもしろくないような気分で、圭司は、兄と黒岩の顔を交互に見た。

女の子が、宗司の背中を引っ張った。

「おまわりさん。ここ、違う。もっと、向こう」

「おお、そうか。でも、もう近所やな」

女の子がこっくりと頷く。迷子だというのに、泣いてもいないし、それほど不安そうでもない。宗司がうまく、あやしたのだろう。

「じゃあ、失礼します。弟をお願いします」

こんなときだけ、兄貴面しやがって、と、圭司は心で毒づいた。小さいときから、兄の悪戯の尻ぬぐいをさせられたり、とばっちりを被ったことはあっても、兄らしく面倒を見てもらったことなどない。

宗司はもう一度、こちらに向かって手を振ると、自転車にまたがって、走り出した。

「ふうん……」

黒岩はおもしろがるような顔で、走っていく宗司を見送っている。

「よさそうなお兄さんじゃない」

「いいのは、人当たりだけですよ」

「警察官で、それがよければ、上出来よ」

そういうもんなのか。そう思いながら、すでに小さくなった宗司を見る。

気がつけば、黒岩はもう歩き出していた。圭司はあわてて、後を追った。


署に帰ると、朝のうちに問い合わせたパソコンメーカーから返事が来ていた。やはり、その機種は、梓の名前でユーザー登録してあったようだ。

系列のプロバイダへの契約はしていないと聞いて、気落ちしたが、すぐに気づいて、梓のクレジットカードの明細を探した。

思ったとおり、そこには彼女が契約しているプロバイダ名が明記されていた。彼女がもし、逃げた先で、パソコンをネットに接続したら、その情報を入手できるだろう。

その報告をしに、黒岩の机へ行くと、彼女は電話を切ったところだった。

「會川くん、今晩遅くまで大丈夫？」

「あ、はい。もちろんです」

黒岩は、椅子をくるりと回転させて、圭司を見上げた。

「梓の高校時代の親友と、連絡が取れたの。ひとり、大阪に出てきている人がいて、今日、仕事が終わってから会う約束をしたわ」

「わかりました」

彼女は、ボールペンを無意味にノックしながら、視線を卒業アルバムに落とした。

「その子、事件のことも知らなかったわ。梓が再婚していたことすら、知らなかったから、当然かもしれないけど」

再婚を知らなければ、もし新聞記事を目にしても、「小早川梓」という名前は見過ごしてしまっただろう。

「どうしてなのかしら……」

黒岩は、独り言のようにそう呟いた。

まるで、過去を切り捨ててしまったかのように、友人とのつき合いを断ってしまった梓。そこには、どんな思惑があったのだろう。

「で、そっちは？」

尋ねられて、プロバイダの件を報告する。

「じゃあ、そのプロバイダに照会を頼んでくれる？」

「わかりました」

席に戻って、黒岩の方を見ると、彼女はまたどこかに電話をかけていた。

梓の友達との待ち合わせは、梅田のホテルのラウンジだった。

約束の時間より、少し早めに行って待つ。黒岩は、駅で買った週刊誌を、テーブルに投げ出した。目印なのだろう。

「梓のことだけじゃなく、卓雄のことも、もっと掘り下げなくちゃ……」

自分に言い聞かせるようにそう呟いて、黒岩は煙を吐いた。

「やはり、ふたりというのはきついわね。ホスト殺しの方はどうなったか知っている？」

そう尋ねられて、最初に見た死体を思い出してしまう。あわてて、首を振って、頭から追い払った。

「いえ、知らないです」

だが、課の他のメンバーも、忙しそうにしている。そう簡単にケリがつくような事件でもなさそうだ。

「會川くん、ちょっと、他の人の様子を窺って、それとなくこっちにもう少し人をまわすように言ってもらえない？」

「ぼくがですか？」

　黒岩が言えばいいと思うが、さすがにそう言う勇気はない。

「それとなく……は難しいです」

「わざとらしくでもいいわよ」

　ふいに、テーブルに影が差した。

「あの、黒岩さんですか？」

　顔を上げて、圭司は驚いた。梓の親友というから、女性がくるものだとばかり思っていたのに、そこにいたのは、整った顔立ちの男性だった。会社帰りなのか、スーツ姿である。

　黒岩は立ちあがって、手帳を見せた。

「ごめんなさい。お仕事帰りに呼び出してしまって」

「いえ、でも、驚きました。梓のこと……」

　男性は、原信生（はらのぶお）と名乗った。会社名の刷られた名刺をもらう。

「彼女が大阪に出てきていたということも知らなかったし、前の旦那と離婚して、しかも再婚していたことすら知りませんでした」

気落ちしたような表情で、椅子に腰を下ろす。

「小早川梓……なんか別人みたいです」

「旧姓は、津森梓さんでしたね」

「そうして、一度目の結婚のときが、安西梓。ころころ苗字が変わる人ですね」

青ざめた顔に、形だけの笑みを浮かべて、原はそう言った。

「事件のことは、まったくご存じなかったんですか？」

「ええ。新聞は毎日読んでいますが、流し読みしてしまったんでしょうね。先ほど、会社でその日の新聞を探して読みました」

彼は一拍呼吸を置いて、尋ねた。

「彼女が……梓が殺したんですか？」

「まだはっきりしたことは言えません。けれども、深く関係していることは間違いないでしょうね」

凶器やバスルームに残っていた指紋、状況、どちらも証拠は梓を指している。だが、友人相手にそう言うのは気が引けるのだろう。黒岩はことばを濁して答えた。

「同級生の国松聖子さんから、お聞きしたのですが、原さんは、梓さんと高校時代いちばん仲がよかったとか」

黒岩が切り出した話に、原は頷いた。

「そうです。と、言ってもつき合っていたとか、恋愛感情があったわけではありません。ぼくはなんとなく、昔から男よりも、女の子たちと一緒にいる方が楽しかったので、自然に梓や聖子と一緒のグループに入っていたという感じですね。ふたりで出かけたりもしましたが、いい友達でした」

そういえば、自分の学生時代にも、そういう男がいたな、と圭司は考えた。なぜか女の子たちのグループにいるのに、男からもそう嫌われているわけでもなくて、いつも羨ましいような気分で、そいつを見ていたことを思い出す。

「それでも、最近はつき合いが絶えていた……」

「そうですね」

彼は言いにくそうに顔を歪めた。

「先ほど、国松さんにお電話したとき、彼女はすぐに貴方の携帯の番号を教えてくださいました。ということは、国松さんをはじめとする、高校のときのグループとは、まだ、おつき合いがあるんですよね」

「みんなというわけではありません。仕事で東京に出た人もいますから、そういう人とは滅多に会うことはありません。でも、ぼくも休みには奈良に戻るし、地元にいる人でも、大阪に遊びにくることはよくあるから、そういうときには会いますね」

　つまり、不自然につき合いが途切れているのは、梓だけなのだ。

　黒岩は、テーブルに身を乗り出した。

「教えていただけませんか。どうして、梓さんとはつき合いが途絶えたんですか？」

「しかし、今度の事件とはまったく関係ないと思います。彼女が、前の結婚をしているときのことですから」

「そのときに、なにかあったんですね」

「些細（ささい）なことですよ」

　彼は少し落ち着かない様子で、膝をさすった。つき合いが途切れた理由となると、やはりあまりいい話にはならないのだろう。彼は言いにくそうに話し始めた。

「梓が、結婚したのは短大を卒業して三年目くらいかな。グループの中ではいちばん早かったです。ですから、みんな羨ましく思いながら祝福したし、結婚式にも呼ばれました」

　彼はそこで区切ると、運ばれてきた水を一口飲んだ。

「結婚して一年くらいかな。梓が変わってきたんです。といっても、会って話すといつもと変わらない」

「じゃあ、なにが変わったんですか？」

「約束を破るようになったんです」

　彼は苦々しげな顔で、そう言った。

「約束と言っても、単に遊びに行く約束だったり、待ち合わせ時間だったり、そういうことなんですが、ただ遅れてくるというだけではなく、その日の朝になって、『急に行けなくなった』といって電話がかかってくるんです。ひどいときには、待ち合わせ場所で、待てどもこない。痺れを切らして電話をかけたら、まだ家にいて、『行けなくなった』と言うんです。そういうことが続くようになりました。最初は、五回とか三回に一度くらいだったんですが、そのうちにこないことの方が多くなってきて……。たしか、みんなで旅行に行く約束をしたときにも、その日の朝にキャンセルの電話がかかってきました。理由を聞いても、『急に忙しくなったから』としか言わないんです。もちろん、キャンセル料はきちんと払ってはくれたのだけど……」

　こうやって話を聞いてみると、たしかに些細なことだ。だが、些細なこととはいえ、友達としてつき合っていくには、重大な問題だろう。圭司だって、そんな友人とはつき合えない。

「ちゃんとした理由があって、それで連絡をくれるのならいいんです。聖子――国松さんも、子供が身体が弱くて、よく約束をキャンセルするようになったけど、それは仕方のないことだからわかる。でも、梓は『忙しい』とか『急に予定が変わった』としか言わないんです。でも、他の人間だって、忙しいし、みんな予定をやりくりして出てきているわけでしょう。だんだんみんな怒り出して……それで、彼女を誘わなくなったんです」

「なるほど……で、梓さんは、もともと時間にルーズな人だったんですか？」

黒岩の質問に、原は大きく首を横に振った。

「とんでもありません。結婚前に、彼女が時間に遅れてきたなんて、数えるほどしかなかった。急に約束を反故にしたことなんて、一度もなかったはずです。でも、恋愛や結婚をすると、変わってしまう人間も多いですから、彼女もそうだと思っていました」

彼は視線を下に落として、呟いた。

「今になってみると、もう少し理由を聞いてあげればよかった、と思うのですが、そのときは腹が立っていて、そんな余裕はなかったです」

「わかります」

黒岩は感情のこもらない声で言った。

「もうひとつ、お尋ねしていいでしょうか。結婚式には彼女の短大の友人がたくさんきていましたか。覚えていたら、教えてください」

原は、当たり前のように答えた。

「もちろん、何人もきていましたよ。梓は明るくて社交的な女性でしたから」

夜の繁華街は光の洪水のようだ。

タクシーのライトが渦を巻くように、交差点を駆け抜けていく。

前を歩いていた黒岩が、急に振り返って言った。

「梓が働いていた、インテリアショップの同僚ね、彼女のことを、無口で大人しい人と言っていたわ。人づき合いも、それほど積極的ではなかったって……」

人の評価というのは、こんなに百八十度変わるものだろうか。明るく社交的な人を、無口に変えてしまうほどのなにかがあったのだろうか。

「でも、彼女が変わったのは、前の結婚のときでしょう。小早川卓雄とは関係がない」

「前の結婚で変わったのは、約束を守らなくなったということでしょう。性格が変わったのは、今度の結婚のせいかもしれない」

だが、卓雄と梓はまだ結婚して半年だった。半年でそこまで変わってしまうものなのだろうか。

圭司はため息をついた。最初のファイルに添えられていた、彼女の笑顔の写真。自宅のリビングに飾られていた、ウェディングドレス姿の彼女の写真、小早川梓の顔はいくつか、頭に焼き付いているけど、それが少しも立体像を結ばない。

紙のようにぺらぺらと、頭から剝(は)がれて、風に舞って消えていくようだ。

彼女はまだ、生きている人間だというのに。


帰宅は深夜になったのに、部屋にはまだ電気がついていた。

宗司は、夜勤が絡まないときは、なにがあろうと十一時には布団に入る。珍しく思いながら、ドアを開けた。

ただいま、と言う前に、宗司の声がした。

「やあ、圭司くん、おかえり。遅くまでお仕事お疲れさまです」

なにを言っているのだと思いながら、靴を脱ぐ。宗司は、パジャマにも着替えずに、ダイニングのテーブルに座っていた。珍しいこともあるものだ。

「これはこれは、お兄さま、まだお休みになっていらっしゃらないのですか?」

「いやいや、可愛い弟が働いているのに、先に寝るなんてとんでもない」

馬鹿の二乗を、太郎は冷蔵庫の上から見下ろしている。

「で、どないしてん?」

「いやいや」

なにが「いやいや」なのかもわからないが、宗司はなぜか、ちょっと赤くなったりしている。不審に思いながら上着を脱ぎ、自分の部屋のドアを開けたときだった。

「あの女の人が、黒岩さんか」

今日の昼のことだろう。ふり返って頷いた。

「ああ」

「美人やなあ。結婚してるの?」

思わず、「は?」と聞き返してしまった。宗司は、また赤い顔をして、そっぽを向いている。

やっと、思い出した。宗司はなぜか、昔から、頭が良くて、性格のきつい女性が好きなのである。小学校のときの初恋は、児童たちから恐れられていた、厳しい女教師だったし、その後も、宗司が好きになるのは、クラスでいちばん勉強ができるような優等生の女の子だった。

「結婚しているかどうかなんか、聞いてへんわ」

「なんでやねん。おまえ、もう何日、黒岩さんと仕事しているねん」

「三日」

「三日いうたら、二十四時間かける三の……、えーと、まあええわ」

「七十二時間。といっても二十四時間一緒にいるわけやないで。せいぜい七、八時間や」

だとしても、一瞬だって女性として意識したことなんかないし、もともと、他人のプライベートに踏み込むのは、苦手なのだ。黒岩の方も、自分の家族の話をしたこともない。彼女が未婚か既婚かなど、知る機会はなかった。

「じゃあ、聞いておいてくれ。それとなく」

「わざとらしくてもええか」

圭司の返事に、妙な顔をしながら、それでも宗司は頷いた。

「おれの名前を出さへんのやったらええけど」

それを聞いて、深いため息が出る。

「おれ、もう、ソウが失恋するとこ、見るの嫌や」

「失礼な。なんで、もう失恋するなんて決めつけるねん」

今までの経験でわかっていることではないか。圭司は胸の中で、そう呟いた。

宗司は、女の子に相手にされない、というタイプではない。長身だし、スポーツもできるし、なにより明るいし。

けれど、頭のいい女の子というのは、宗司のようなタイプよりも、自分よりももっと頭のいい男が好きなものではないか。だいたい、インテリ女性と、新聞さえまともに読まない宗司がデートをして、なにを喋ると言うのだ。

かくして、いつも宗司の恋は、あっけなく終わる。「いい人なんだけど……」ということばを、常套句(じょうとうく)として。

「なんでや、いい人やったらええんとちゃうんか！」

そう言いながら、ぼろぼろと涙と鼻水をこぼしながら泣く宗司を、何度慰めたか、覚えていない。

「おまえ、惚(ほ)れっぽいだけでなく、失恋のときも派手やから、嫌なんや」

「だ、か、ら、なんで、今ここで、失恋の話をするんや！」

急に疲れを感じて、圭司は話を切り上げることにした。

「わかった。黒岩さんには聞いておく。じゃあ、おやすみ」

「おやすみ。頼んだぞ」

扉を閉めながら、圭司は考えた。

黒岩の返事がどちらでも、宗司には「既婚」と伝えた方がいいかもしれない。


その夜、圭司は夢を見た。

夢の中には、小早川梓がいた。彼女の髪はびっしょりと水に濡れていて、今にも凍えて死んでしまいそうだと思った。

彼女の唇が動く。

さがして。彼女は確かにそう言った。

わたしを、捜して、と。

あなたは、自分の意志で姿を消したんじゃないのか、そう問いかけようとして、圭司は声が出ないことに気づいた。

声が出ないだけではなく、身体が動かない。

梓の顔がふいに、歪んだ。恐ろしい物を見たような表情。

足をもつれさせながら、彼女は走って逃げていく。

彼女が怯える、恐ろしい物は圭司の後ろにあるのに、ふり返ることすらできないのだ。

目が覚めたとき、パジャマは寝汗でびっしょり濡れていた。汗をかいているのに、身体の芯まで冷えていた。

圭司は、小さく、唇を動かして、夢の中の彼女が言ったことばを反芻した。

わたしを、捜して。

第三章

　目がさめたとき、ルカは神さまのところにきた、と思いました。

　けれども、土はじめじめとしめっていて、いやなにおいがしました。からだの上を、虫がはっていくのがわかって、ルカは飛びおきました。

　そこが、神さまのところかどうか、なんてわかりません。でも、神さまがいるところならば、もう少しかわいていて、お日さまがてっていてもよさそうだ、と思ったのです。

　思ったとおり、そこは、先ほどの山でした。ルカは胸に手をやって、おどろきました。

　さっき、ルカはおおかみに食べられたのです。

　のどをかみくだかれ、口の中が血でいっぱいになりました。むねも、うでも、足も、骨までのこさずに、食べられてしまったはずでした。

それなのに、ルカのからだには、きずひとつありません。

ルカはゆめを見ていたのでしょうか。

ふと、かおを上げると、さきほどのおおかみがいることに気づきました。いえ、さきほどのおおかみと、同じおおかみかどうかは、わかりません。ルカには、おおかみの顔のくべつはつかないのですから。

ルカは、しつれいにならないように、きをつけながら、言いました。

「あの、わたし、あなたに、食べられたんじゃないのかしら」

おおかみは言いました。

「そのとおり、おれは、あんたを食べたんだ。あんたの肉はやわらかくて、甘かった。すてきに、うまかった」

自分の味をおしえてもらうなんて、なんて変なできごとなんでしょう。

「じゃあ、どうしてわたしはここにいるの?」

ルカのしつもんに、おおかみはかなしい顔をしました。

「神さまは、あんたはいらないってさ。川にいる、うすい赤のクモを殺しただろう?」

そう言われて、ルカは「あっ」と思いました。ルカはクモが大きらいなのです。

たしかに、なんどか、川でクモを見つけて、ふみつぶしました。だって、その赤くて、足だけが長い姿は、見ただけで、背すじがふるえるほど、こわかったのです。

「だって、あれは、身を守るためだわ」

「クモは人を食ったりしないだろう。あんたたちの山には、毒のあるクモもいないのに」

たしかにそうです。クモはただ気味がわるいだけで、人にかみついたりはしません。

「だって、こわかったのだもの」

「ともかく、神さまは、あんたはいらないってさ」

そう言われて、ルカは考えました。

「じゃあ、わたし、もう、村に帰っていいってこと？」

おおかみは、へんじをしませんでした。ただ、かなしい顔をしただけでした。

「どうして、だまっているの？」

おおかみは首をよこにふりました。

「あんたは、おれに食べられたんだ。だから、この山の中でしか生きられない。山の外では死んでしまったのと、同じことなんだ」

おおかみが、なにを言っているのか、ルカにはわかりませんでした。

「どういうことなの？　わたし、死んでいるの？　生きているの？」

「その、どちらでもない。この山の中では生きている。でも、ここ以外では死んでいるのさ」

ルカは目の前がまっくらになるのを感じました。

「じゃあ、わたし、ここから出たらきえてしまうということ？」

「かんたんに言えば、そういうことさ」

ルカは泣きたい気持ちになりました。もう、村にはかえれないのです。

「大丈夫、ここのくらしもすぐになれるさ。ただ……」

おおかみは、少し口ごもりました。

「おれが、あんたを食べるのを、がまんできればいいんだけど」

「なによ」

黒岩にそう尋ねられて、圭司ははじめて、自分が彼女の顔をまじまじと見ていたことに気づいた。

「す、すみません……」

黒岩は不審そうに眉を寄せると、また報告書の記入に戻った。先ほどから、報告書の書き方を教えてもらっているのだ。

　下を向くと、肩のあたりで、シャギーを入れた髪が、顔にかかる。わざとラフに見えるようにカットしているのか、それとも単に適当なのか。後者だろうな、などと考える。

　鋭い視線がこちらを向いていないせいか、下を向いていれば、それほど怖くは感じない。だが、女性として魅力的かどうかというと、かなりの疑問が残る。圭司だけではなく、大多数の男性がそう感じるだろう。

　背も高いし、足も長いからプロポーションはモデルのようだ。顔立ちだって悪くはない。

　だが、それを上回るほど、表情のきつさと冷たさが目立っている。

（まったく、ソウの趣味は……）

　しかし、宗司の好みのせいで、二十三年の人生で、一度も好きな女の子が被ったこともないし、自分の彼女を兄貴に取られるなどという、最悪な経験もしたことがない。好みの女の子がまったく一緒というよりも、ずっといいのかもしれない。

　そういえば、黒岩が既婚か未婚か聞かなければならないのだった。

「黒岩さん、あの……」

「なによ」

切り出してみて、あまりに唐突すぎることに気づく。

「すみません、なんでもないです」

彼女は眼鏡を押し上げて、圭司をじろじろと見た。

「なによ、さっきから、恋の告白でもするつもり？」

思いもかけないことを言われて、圭司はあわてた。

「ち、違います。ぼくじゃないです」

「当たり前よ。冗談に決まっているじゃない」

涼しい顔で、そう言い、報告書に戻ろうとして、また黒岩は顔を上げた。

「ぼくじゃないです、って、変な否定の仕方ね。日本語はきちんと使いなさい」

「……はい……」

これではまるで、先生と生徒である。

急に、黒岩がボールペンを投げ出した。

「あーっ、もう、デスクワークはストレスが溜(た)まるわ」

記入しかけの、報告書とボールペンを圭司に押しつけて、彼女は椅子から立った。

「そんな感じで書いていくのよ。じゃ、続きはやっておいて」

「え、教えてくれるんじゃないんですか？」

「間違っていたら、あとで添削してあげるわよ」

ジャケットを羽織って、課を出ていこうとする黒岩をあわてて追う。

「どこに行くんですか？」

「まだ決めてないけど、調べることはいくらでもあるわよ」

「ぼくも行きます」

彼女はくるり、とふり返ると、指先を圭司の目の前につきつけた。

「報告書と、それから、梓のプロバイダからの連絡」

たしかに、プロバイダからは間もなく電話がかかってくるはずだ。

「わかりました」

あきらめて、机に戻ろうとすると、黒岩の声が飛んだ。

「それと、応援を頼む件もよろしく」

そういうことは、先輩がするべきではないのか。そう思いながらも苦々しく頷いた。

この人に反論するには、体力が足りない。

圭司が素直に席に着いたのを確かめると、黒岩は早足で、刑事課を出ていった。

プロバイダからの連絡では、事件後、梓がインターネットにアクセスした様子はないということだった。パソコンを持って行方不明になっているから、ネットを利用して、だれかに連絡を取っているかもしれない、と思ったのだが、外れだったようだ。

彼女も、それでは自分の居場所が特定されるかもしれないということに、気づいているのかもしれない。

引き続き、彼女からのアクセスがあったら連絡をしてくれるように頼んで、電話を切る。

「會川、ちょっと」

声をかけられて、ふり返る。城島刑事が、こちらに向かって、手招きをしていた。

あれから、どうも城島の顔が、直視できずに、なんとなく目をそらし続けていた。

彼の、苦虫(にがむし)を嚙(か)みつぶしたような表情を見るだけで、先日の醜態を思い出してしまう。

しかし、呼ばれているからには、無視するわけにはいかない。重い気分を引きずりながら、城島のところへ向かった。城島は受話器を、圭司に差し出した。

「黒岩に電話なんだが、小早川夫妻のマンションの管理人だから、事件に関係あることだろう。かわりに出てくれ」

「あ、はいっ！」

思わず、いい返事で、受話器を受け取ってしまう。城島は、黙って頷いた。

「お電話かわりました。黒岩の代理の者ですが」

管理人は、別に怪しむこともなく、用件を話してくれた。どうやら、梓宛の郵便物が溜まっているらしい。卓雄の両親に、引き取りにきてもらうように言ったが、卓雄のはともかく、梓のは、そちらで処分してくれと言われたという。

「わかりました。それでは、受け取りに行きます」

郵便物も重要な手がかりのひとつだ。処分などされては困る。幸い、報告書の記入も終わったし、これから名塩に行くこともできる。

電話を切ると、城島が、椅子をぎいぎい鳴らしながら、こちらを向いた。

「振り回されているようだな、新人」

黒岩のことだろう。どう返事していいのか困る。

それでも、城島の声には、嫌みのような響きはなく、圭司は少しだけほっとした。

「まあ、なかなか扱いは難しい女だが、仕事に無駄はない。やり方をきちんと、盗んでおくといい」

「はいっ！」

自分でも恥ずかしくなるほどの、いい返事だ。あんな事件の後だから、呆れられて、もう相手にされないかもしれないと思っていたが、そんなに心の狭い人でもなかったらしい。

胸を撫で下ろしながら、圭司は、自分がもうひとつ別の理由で、ほっとしていることに気づいた。黒岩が、最初の印象ほど、ここで煙たがられているわけではないということ。

圭司が、少し黒岩に対して親近感を抱きはじめている証拠かもしれない。

つらつらとそんなことを考えながら、圭司は、車のキーを持って、部屋を出た。

平日の昼間のせいで、高速はやけに空いていた。

すいすいと、気持ちいいくらい車は進む。そういえば、ひとりで動くなんて、こっちに配属されてから、はじめてだな、なんて考えながら。

思ったより早く、名塩についた。先日きたときの道順を思い出しながら、小早川夫妻のマンションに辿り着く。電話をくれた管理人は、マンションの前で、落ち葉を掃き集めていた。

「南方署の會川です」

「ああ、きてくださって、助かりましたよ」

あからさまなほど、ほっとした顔で、管理人は圭司を管理人室へ案内した。束になった郵便物を、圭司に渡す。

「処分してくれって言われてもねえ。人の郵便物を処分するなんて、気が引けますしね」

ざっと見たところ、ダイレクトメールがほとんどだったが、それ以外のものもある。

圭司は管理人に礼を言って、マンションのエントランスを出た。

車の中で、郵便物の差出人に目を通す。さすがに、封書は署に戻ってから開けるつもりだった。

薄い茶封筒に、目が留まって、圭司は眉をひそめた。

差出人名は、「汐見出版　第三書籍編集部」と書かれていた。

「出版社？」

黒岩は片方の眉をあげて、圭司を見上げた。封筒を手にとって、しげしげと見る。

「まだ、中は見ていないの？」

「はい。一緒に見た方がいいと思って」

黒岩は頷くと、抽斗からペーパーナイフを出して、きれいに封筒の封を切った。名塩から戻ると、黒岩は帰っていた。収穫がなかったのか、不機嫌な表情を隠さない彼女に、圭司はことの次第を説明したのだ。

なかからは、一枚の紙がぺらりと出てきた。黒岩は、さっと視線を走らせると、それを圭司に返した。

「『第十五回汐見児童文学大賞』にご応募ありがとうございます。全部で、百七十二編の応募があり、選考の結果、貴殿の作品は落選となりました。またのご応募をお待ちしています」

ワープロで打たれた素っ気ない文章。その下に、今回の予選通過作品と、受賞作の掲載誌の案内がある。

「汐見出版って、知ってるわ。それほど大きくないけど、良心的な子供向けの本を出している老舗(しにせ)の出版社ね」

「やっぱり、童話を書いていたんですね」

名塩の梓の部屋にあった、たくさんの童話本を思い出す。それで謎が解けた。

「応募原稿って、返却しないのかしら」

「さあ、でも、応募者が百人を超すんですから、返却するのも、一苦労ですよ。それに今は、パソコンやワープロでの執筆が多いから……」

「そうね。わざわざ返す必要はないかもね」

彼女はその用紙を封筒に戻した。

「原稿を読んでみたいんですか？　だったら、出版社に連絡したら、まだ保存してあるのでは……」

「そうしたいのは、やまやまだけど、さっき、係長から突き上げをくらってね。早く、梓の行方を捜し出せってさ。もしくはさっさと逮捕状を取って、指名手配をするか、どちらかにしろって言われたわ」

それで、黒岩は不機嫌そうな顔をしていたのか。

「捜し出せって、今、捜しているんじゃないですか」

「そうだけど、梓の実家とか、親戚や友人のところなどを、聞き込みにまわれって言うのよ」

たしかにそういう地道な捜査も必要だと思うが、どうも納得がいかない。

黒岩は、ダイレクトメールに目を通しながら呟いた。

「梓が、実家や昔の友人のところなんかに行っているはずはないと思う。昔の友人とのつき合いを、あんなきれいに断ち切ってしまった人が……。たぶん、姿を隠すのなら、だれもいない場所だわ」

「資金はどうしていると思いますか？」

行方不明になってから、もう十日以上経っている。ホテルや旅館に泊まるのだって、金がかかるだろう。

「卓雄が殺された次の日に、梓は自分の口座から、五十万円を引き出しているわ。すぐ引き出せる、ほとんどのお金を持って行方不明になっている」

「海外に逃げたという可能性は」

「パスポートは、名塩の家に置いたままだった。特に裏の世界と繋がりのない彼女が、偽造パスポートをそう簡単に手に入れられるとは思えない」

だとすれば、彼女は日本中を転々としているか、もしくはホテルか旅館に、身を隠している可能性が高い。

黒岩は派手な音を立てて、梓の郵便物をまとめた。

「ともかく、わたしはまだ、逮捕状は取るつもりはないわ」

「じゃあ、梓の実家に行くんですか？」

「実家の両親には、一度話を聞いているし、なんにも手がかりになりそうなことはなかったわ。無駄なことにつかう時間はないの」

だが、係長は、そのどちらかをやれと言っているのではないだろうか。

疑問が顔に出てしまっていたのだろう。黒岩は指先を、圭司の顔につきつけた。

「結果を出すのよ。係長になにも言わせないようにね」


北里ガーデンという看板が見えて、圭司は歩みを早めた。

イメージでは、園芸店など、朝早く開いて、夕方には閉まってしまうものだと思っていたけど、意外に遅くまでやっているものだ。もう九時近い。

黒岩から、梓が本当に童話を書いていたのか、綾に確認してきてほしいと言われ、今、圭司は、綾からもらった名刺を手に店を探している。黒岩は、梓の同僚に会いに行っている。店への道がわかりづらくて、少し手間取った。

間口は狭いが、中は広そうな店だった。足下に並ぶ、小さな鉢植えに目をやりながら、店に入る。ちょうど、こちらを向いた綾と目があった。

「いらっしゃいま……」

彼女の目が大きく見開かれる。

「こんばんは。いきなりすみません」

帆布の白いエプロンで、手を拭きながら、彼女は圭司に駆け寄った。

「義姉が見つかったんですか？」

「いえ、そうじゃないんです。ちょっとお尋ねしたいことがありまして……」

綾の表情が、明らかに落胆の色を見せた。期待を抱かせてしまったことが胸苦しい。

「すみません。あと十分ほどで、閉店なんです。それからでいいですか？」

見れば、店にはもうほとんど客もいない。もうひとりの店員が、レジの精算をはじめていた。

「もちろんです。外で待っています」

質問自体はすぐに終わるが、閉店前の忙しい時間に手を煩わせるのも迷惑だろう。

圭司は、店の外に出て、ガードレールに身体を凭せかけた。

十分といえども、なにもせずに待っている時間は長い。季節は春だが、ビルの谷間に渦巻く風は、冬を思い出させるほど冷たかった。

綾と、もうひとりの店員が出てきた。シャッターを閉めてから、綾は店員に挨拶をして、こちらに歩いてきた。

「お待たせしてすみません」

「いえ、急にきたのはこちらですから」

「喫茶店かどこかでも……？」

「いえ、すぐに終わるので、歩きながら喋りましょう」

綾は、なにがおかしかったのか、くすりと笑った。その表情がやけに魅力的に感じられて、どぎまぎして、圭司は先に歩き出した。

汐見出版からの手紙の件を話すと、綾は困ったように首を傾げた。

「お義姉さんが、童話……。ごめんなさい。聞いたことないです」

「そうですか」

「きっと、わたしなんて、お義姉さんのこと、ほとんど知らないんでしょうね」

その声が、自嘲するような響きを帯びているように聞こえて、圭司はおや、と思った。

「でも、家族にも内緒で書いている場合もあるでしょうし」

童話を書いているなどというと、子供っぽいと笑う人もいるだろう。

「そうですね」

彼女はため息をつくようにそう言った。

駅まではまだあるのに、もう話は終わってしまった。なにか話そうと思っても、うまく話題を繋げられずに、しばらく沈黙は続いた。

急に、綾がくるり、とふり返った。

「會川さん、なにか、わたしに聞きたいことあるんじゃないですか？」

「え？」

驚いて、目を見開いた。その顔がおかしかったのか、綾はまた笑った。

「ほら、一昨日、送ってくれたじゃないですか。あのとき、なんかそんな気がして」

そう言ったあと、ふいに綾の顔から笑いが消えた。その変貌は、あまりに唐突で、不自然だった。蠟燭の火を吹き消してしまったようだ、と圭司は思った。

「ごめんなさい。変なこと言って」

「い、いえ、そんなことないです」

一昨日、圭司が綾に話をしたかったのは本当だ。だが、綾は小さく首を横に振った。

「兄からもいつも言われていたのに。おまえはそういうところが駄目なんだって……」

「え……？」

「勝手に、人の表情を読んで、それでなにもかもわかった気になっているって。そうですよね」

綾は、また笑みを浮かべたが、その笑顔はどこか苦しげだった。圭司はきっぱりと言った。

「いえ、綾さんの推測が正しいです」

「え？」

「一昨日、ぼくは綾さんに聞きたいことがありました。なんかずうずうしいような気がして、結局切り出せなかったんですが」

「なんですか？」

圭司は深く息を吸った。うまくことばを選ばないと、綾を傷つけてしまうような気がした。

「綾さんは、梓さんのことをとても信頼しているみたいで、なんとなく、そこが羨ましいような気になりました」梓さんは、いい人だったんだな、と思って」

正直、梓が卓雄を殺していないと思うことは、今でも難しい。だが、それと、梓がいい人であったと思うことは矛盾しない。綾にとって、

「素敵な人でした。わたしみたいにうじうじしていないで、前向きで……それが、とても羨ましかったんです」

綾は独り言のように、そう呟いた。

「尋ねたかったのは、綾さんの家族……卓雄さんの他の家族のことです。ご両親など

も、梓さんのことは、同じように感じているのですか?」

たとえ、家族を殺したのが梓だ、と言われても、それを信じられないほど、梓は魅力的な女性だったのだろうか。圭司はそれが知りたかった。

「違います。お義姉さんが、仲良かったのはわたしだけ。もともと、両親は、お義姉さんと兄の結婚にも反対でした。あんな、どこで出会ったのかわからないような女って……」

ふいに、綾の表情がまた変わった。なにかを喉に詰められたように目を見開き、口を閉ざす。そのせいで、圭司は嫌でも、綾のことばを意識してしまった。

どこで出会ったのかわからないような女。

「ごめんなさい、忘れてください」

綾はそう、小さく言った。気がつけば、駅は目の前だった。たぶん、今、問いつめても、綾は口を閉ざすだけだろう。そんな気がして、圭司はそれ以上尋ねなかった。

帰る方向が違うので、改札口で別れた。

綾は逃げるように、走って階段を上がっていった。

帰って、ドアを開けると、玄関に宗司が仁王立ちになっていた。

「遅い！」

「仕事やねんもん。しょうがないやんけ」

第一、圭司の帰りが遅かろうと、そうでなかろうと、宗司になんの関係があるというのだ。鞄を置いて、思い出した。そういえば、黒岩が既婚か未婚か聞くように頼まれていた。

「ごめん……黒岩さんに、聞くの忘れた」

「いや、それは別に今日でなくてもええけど」

それではないらしい。不審に思いながら靴を脱いで気づいた。玄関に見覚えのある、白いパンプスがあった。

「あれ、美紀ちゃん、きてんの？」

「そうや、だから早く帰るように、朝、冷蔵庫の横にメモ貼っておいたやんけ」

「んな、大事なこと、口で言えや」

冷蔵庫の横のメモなど、忙しい朝に見る余裕などない。

「ちょっと、あんたら、なにこっそり喋ってんの？」

中から女性の声が飛んでくる。圭司はあわてて、中に入った。

台所のテーブルに、コンロと土鍋が用意されていた。長い巻髪の、派手な服を着た女性が、圭司を睨み付けた。

「んもう。せっかく、栄養つけてあげようと思って、しゃぶしゃぶ肉買ってきたのに。もう先に食べてるよ」

「ごめんごめん。ソウの奴、きちんと言わへんからさ」

彼女は、鍋の中を箸でかきまぜて、白菜と葱を、取り皿に取った。

「ケイちゃんの携帯にも電話してんよ。刑事なんかになって、大変やろうなあ、と心配して。それやのに、ちっともかからへんし、かけ直してもくれへんし……」

「ごめん、忙しかったんや」

太郎もちゃっかり、彼女の膝に座り込んでいる。ごつごつした宗司や、痩せていて骨が痛い圭司の膝より、女性の膝は座り心地がよいのだろう。

宗司が隣にきて座る。肉を取ろうとして、彼女に手をはたかれている。

「ソウちゃん、もう肉はあかん。あとはケイちゃんの分」

「ええ、まだ、充分あるやんけ」

「でも、あんた半分以上食べたでしょう」

彼女に取り分けてもらった小鉢を受け取って、圭司は尋ねた。

「美紀ちゃん、今日、お店はどないしてん」

「たまには休みたいやん。もう、ドラ息子たちも独立したことやし……」

ドラ息子で悪かったな、と心で呟く。宗司がひゃっひゃっと笑った。

「で、せっかく休んだ日に、ドラ息子たちに会いに来てるんか？」

「そうよ。普段は買わへんような、いい肉買ってね」

そう。彼女、會川美紀は、三国にあるラウンジのママであり、そうして、宗司と圭司の母親である。

小学生のとき、事故で死んだ父のかわりに、水商売をしながら、宗司と圭司を育て上げたのだが、そんな苦労を感じさせないほど若い。十代のとき宗司を産んだから、今でも四十代半ば、充分若いが、それ以上に見かけは若く見える。三十代でも通るだろう。

昔から、その若さが自慢だった彼女は、宗司と圭司に「お母さん」とか「ママ」などとは絶対に呼ぶな、と言い渡し、呼び名に困ったふたりは、結局「美紀ちゃん」と呼ぶことに落ち着いたのだ。大人になっても、身内の呼び名というのは、なかなか変えにくいもので、未だにその呼び方のままだ。

しかし、これには後日談があって、大学を卒業した後、ふいに彼女が本音を漏らした。

「お母さん、とか呼ばれたらね。なんか、きちんと毎日、あんたらのそばにいて、おやつと晩ごはん作って、きちんとアイロンかけたシャツ着せて……って全部やらなあかんような気分になったの。それが全部できへん自分が、母親失格みたいに思えたのよ。たぶん、肩肘張ってたんやろうね。『美紀ちゃん』って呼ばれてたら、不思議にそんなこと気にしなくても、自分でできることを頑張ったらええような気になった」

たしかに、夕食は、ホカ弁だったり、インスタントラーメンだったりすることは多かったし、いつも洗っただけのくしゃくしゃのシャツを着ていた。その洗濯だって、宗司と圭司は自分たちでやった。でも、そんなことを不満に思ったことなどなかった。彼女がいつも、夜遅くまで働いて、ぐったりと疲れたような顔で帰ってくるところを見ていたから。

だが、他人の目など気にせず、我が道を行くタイプだと思っていた母親がそんなことを考えていたことに、圭司はひどく驚いたのだ。

美紀は圭司の取り皿に、肉をどっさり取り分けた。

「ほら、食べなさい。ソウちゃんはなにも言わんでも、そんなに食べんでええ、というくらい食べたけど、あんたは相変わらず食が細くて心配やわ。背も低くて痩せすぎやし、お父さんそっくりや」

そう言う彼女は、女性にしては背が高く、がっしりしている。宗司は彼女に似たのだろう。

「これ以上痩せへん程度には食べてますよ。もう、成長もせえへんし、心配せんでええ」

「大丈夫か。上の刑事さんにいじめられてへんか」

「だから、子供やあるまいし」

「いや、大人の世界にもイジメはあるよ。女の世界もどろどろしているけど、男も相当どろどろしている」

水商売で人の本音を耳にすることが多いのだろう。美紀は力説するようにそう言った。

「大丈夫そうやで。ケイが一緒に仕事している刑事さん、優しそうな人や」

ソウがにこにこ笑いながら、そう言った。黒岩を「優しそうな人」と形容するとは、やはりこの男は理解できない。魚眼レンズならぬ、別のレンズが目に入っていて、違う世界が見えているのではないかと、ときどき思う。

「ほんま？　そんならよかったけど……」

彼女はふいに、椅子を引いて、立ちあがろうとした。太郎が驚いて、膝から飛び降りる。

「ソウちゃん、ごはん終わった？　ケーキ買ってあるよ」

「あ、食べる食べる」

どうやら、今日は胃が重くて眠れないくらい食べさせられそうだ。いつものこととはいえ、苦笑しながら、圭司は、てんこ盛りにされた茶碗を手に取った。

第四章

そうして、ルカはおおかみといっしょに、くらしはじめました。

なぜなら、おおかみは、この山のことをよく知っていたからです。冷たく、すんだ水のでる泉も、きのこのどっさり生えているばしょも、どの木の実が甘くておいしいのかも。

たぶん、ルカひとりでは、この山で生きていくのは、とてもむずかしかったでしょう。

もちろん、ルカはもう死んでいるのだから、食べなくても死ぬことはないし、がけから落ちても、死なないでしょう。けれども、いまいましいことに、おなかも空くし、けがをすると、いたいのです。どろでぬかるんだ沼に足をふみいれてしまうと、きもちが悪いし、雨にぬれると、からだのしんまで冷えました。

おおかみは、じぶんが住んでいる、あたたかく、かわいた洞くつで、ルカを休ませてくれました。さむい日は、毛皮をすりつけてあたためてくれました。

とても、気持ちのやさしいおおかみだったのです。

ルカはすこしだけ、おおかみのことが好きになりました。

ただ、かなしいことに、おおかみは、どんなにやさしくてもおおかみでした。おなかが空いてくると、ぎらぎらした目で、ルカを見るようになりました。なんどもためいきをついて、そうして、ぷいっと洞くつをでていってしまうのです。

までていって、そうしてどこかで、えものが見つかれば、おおかみは帰ってきて、またルカにやさしくしてくれました。けれども、そんなことはめったにありませんでした。この山に住むいきものは、とても少ないのです。

どんなにさがしても、えものは見つからず、うえて、気がくるってしまいそうになったとき、おおかみは、洞くつに帰ってきました。

そうして、ルカを食べました。

夜のうちに、どんなに、骨しかのこさずに、食いつくされたとしても、朝になれば、ルカはもとのからだにもどっていました。

そうして、おおかみが、ひどくくるしそうな顔で、ルカを見下ろしているのです。

なんど食べられても、ルカは生き返りました。いいえ、すでに死んでいるから、生き返ったというのは変かもしれません。ともかく、もとにもどるのです。

けれども、やはり食べられるのは、いたく苦しいことでした。

のどの骨が、おおかみの歯でかみくだかれ、真っ赤な血がとびちるのを、ルカは自分の目でなんども見ました。うでを引きちぎられ、あまりのいたさに、あたまが真っ白になったこともあります。おおかみは、ことさらに、ルカのうでのうちがわや、おなかなどのやわらかい部分を食べたがりましたが、そういうばしょにかみつかれるのは、のどを食いちぎられて、気をうしなってしまうよりも、ずっとずっとつらいのです。

おおかみは、いつも、ルカを食べたあと、泣いて、ルカにあやまりました。

「もう、こんな気分になるのは、まっぴらだから、おれはもうにどと、あんたのことだけは食べないよ。おじょうさん」

おおかみは、うそをついているのではありませんでした。ほんとうに、そう思っていたのです。

けれども、おなかが空いて、空いて、たえきれなくなってしまえば、ルカを食べたときの、かなしくて、つらい気持ちなど、わすれてしまうのです。

あるときなど、おおかみはこう言いました。

「おれは、もう、いきものは食べないようにするよ。おじょうさんのように、きのこや木の実を食べて生きていくんだ」

おおかみは、ほんとうにそうかんがえて、そうしてしばらくのあいだ、ほんとうに木の実ときのこを食べていました。けれども、けっきょくは同じでした。木の実も、きのこも、おおかみにはすこしもおいしくかんじられず、うえもみたされませんでした。

ルカはときどき、かんがえました。

この洞くつをでて、おおかみとはなれてくらすほうがいいのかもしれない、と。けれども、山に住むおおかみは、このおおかみだけではありません。今は、このおおかみが、ルカをまもっていてくれるけれど、洞くつをでてしまえば、別のおおかみが、ルカを食べようとするでしょう。おおかみの足はとてもはやいから、ルカにはにげられません。

けっきょくは同じことなのです。

おなかが空いていないとき、おおかみは、いいおおかみでした。そんなとき、おおかみのごわごわした毛に、顔をうずめてねむるのは、とても気持ちのいいことでした。

そんなとき、ルカはすこしだけ、自分がしあわせなような気分になったのです。


「卓雄と梓が、どこで知り合ったか、ですって?」

黒岩が神経質そうに眼鏡を押し上げながら、圭司の質問を繰り返した。

「たしか、友人の紹介だったと思うけど、それがどうかしたの?」

圭司は、昨夜の綾との会話を、彼女に話した。綾は「忘れてください」と言ったけど、そう簡単に忘れられるようなことではないし、忘れていいようなことだとも思えない。

「友達の紹介って、『どこで知り合ったかわからない』と罵られるようなことかしら。そりゃ、大昔の旧家なら、釣書添えて、近しい人の紹介で、じゃないと、まともな結婚じゃないと見なされることもあっただろうけど」

「たしか、卓雄の家は、そんなに大きな家でもないんでしょう」

黒岩はボールペンを弄びながら、なぜか不快そうな顔をした。

「そうだけど、でも、少し古い感じはしたわ。両親とも歳をとっているし、卓雄のことを語るのに、『長男が』ということばをよく使っていた。お祖母さんも、高齢ながら家のことを仕切っているみたいだし、たしかに古い倫理観に囚われていそうな気がしたわ」

ボールペンは、くるる、くるる、とテンポよく回る。それを目で追いながら、黒岩はなにか思い出すように、呟いた。

「正直、気分悪かったのは、前のお嫁さんの悪口まで聞かされたこと。前のお嫁さんも、ご両親にとっては、最悪な人だったらしいわ。もちろん、殺されるよりもましでしょうけどね」

どうやら、黒岩は、卓雄の身内に、あまりいい印象を抱いていないらしい。事件とはまったく関係ない人の悪口まで聞かされれば、それも頷けるが。

「友達の紹介だから、『どこで知り合ったのかわからない』と言ったのか、どこで知り合ったのかわからなかったけれど、後で、友達の紹介だとわかったのか……」

黒岩は呪文のように呟くと、電話の受話器を取った。ファイルをめくりながら、電話をかけ始めた。

「おはよう。どうだ、捜査の進行は」

急に声をかけられて、圭司はふり返った。城島が機嫌良さそうな顔で、後ろに立っていた。黒岩は電話口で喋りながら、手だけ挙げて、城島に挨拶をした。

昨日の会話で、苦手意識は払拭（ふっしょく）されたが、やはり緊張してしまう。

「はあ、なんとか、ゆっくりですが……」

そんな曖昧（あいまい）な返事しかできない。ゆっくり進んでいるのか、ゆっくり同じところをまわっているのかも不明だが。

「担当人員が少ないから、大変だろうな」

ここぞとばかりに、「そうなんです」と言っておく。黒岩が、ちらりとこちらを見た。

「早く、こっちが終われば、そちらも手伝ってやれるんだが」

「終わりそうなんですか？」

期待を込めて尋ねる。

「近くの店で、上客を被害者に奪われたホストがいる。そいつである可能性が高いんだが、まだ逮捕状を取るまでにはいっていない。うまくいけば、あと二、三日でなんとかなるかもしれないが」

ぜひ、そうあってほしいものだ。城島は、圭司の肩をぽん、と叩くと、横を通り過ぎていった。

ちょうど、黒岩が電話を置いた。

「やっぱり、卓雄の両親は、『友達の紹介』って言ってたわ。しかも、どの友達かは知らないそうよ」

「知らない友達だから、『どこで知り合ったのかわからない』んでしょうかね」

「ううん、それより、なんか変だったのよ」

「え？」

「なんだか、そのことには触れたくないみたいだった。嘘を言っているのかもしれない」

「友達の紹介、というのが？」

「たぶん。なにか、こちらに知られたくないことがあって、それを隠すために、嘘をついているように思えたの。どうしてだろう」

「たとえば、風俗か、その類の場所で知り合ったとか」

「でも、そうならば、梓の情報として、彼女が風俗で働いていたということを、話したくなるんじゃないの。こんな言い方はよくないと思うけど、卓雄はすでに死んでしまったんだから、彼の恥に過剰反応する必要はないと思うんだけど。それより、自分の息子を殺したかもしれない女の情報を、知らせたいとは思わないのかしら」

「さあ……」

旧時代的な考えは、圭司にもわからない。黒岩だって、圭司より年上とはいえ、十も離れているわけではない。そういう考えに慣れているとは思えない。

黒岩はもう一度受話器を取った。

「梓の両親に聞いてみるわ。ふたりがどこで知り合ったのか」

幸い、梓の両親もすぐに電話に出たらしい。黒岩は丁寧な言葉遣いで、梓の母親に質問をしていた。だが、空いている方の手で、メモ帳にぐるぐると円を描き続けている。

苛立っているみたいだな、と圭司は思った。

彼女は電話を切るとため息をついた。

「梓の両親も、どうやらはっきりしたことは知らないらしいわ。『サークルのようなもので知り合ったんじゃないか』と言っていたけど」

「少し変ですね」

「本当に、友人の紹介で知り合っただけならいいんだけど、なにか気になるわね」

彼女は鼻の頭に皺を寄せてため息をついた。

「それだけじゃないのよ。わたしの方も昨日、妙な話を聞いたわ」

「なんですか？」

「国松さん……、ほら、梓の友人の原さんを紹介してくれた女性から連絡があったの。彼女、偶然、梓の前夫に出会ったらしいの。彼、この事件のことをすでに知っていて、こう言ったというの」

彼女は、軽く息をついてから、圭司を見上げた。

「早く離婚してよかった。殺されていたのは、おれだったかもしれないって」

圭司は息を呑んだ。

「それって……」

「そう、もしかしたら、梓の前夫、安西学は知っているのかもしれない。梓が、小早川卓雄を殺した理由を……」

一度、ことばを切ってから、彼女はこう付け加えた。

「もし、本当に梓が殺したのだったらね」

「その、安西という男に会いに行くんですか？」

「職場はわかっているから、これから行くつもり。ふたりがどこで知り合ったのかも気になるけどね」

やはり、黒岩の言うとおり、自分たちだけでは手が回らない。だれかに手を貸してもらう必要がある。

だが、課内を見回しても、暇そうにしている人間などひとりもいない。先ほど、声をかけてくれた城島も、もう外出してしまったらしい。鳥居係長は忙しそうに、他の刑事と話し込んでいる。

圭司がなにを考えているのか、気づいたらしく、黒岩がため息混じりの声で言った。

「そのことは、また後で考えましょ」

安西学が働いているのは、奈良の郊外にある、ファミリーレストランだった。そこの店長をしているらしい。

「店長といっても、フランチャイズではなく、ファミリーレストランを経営している会社から、派遣されている店長。要するに社員ね」

一見、同じように見えるが、その違いは大きい。フランチャイズの店長ならば、オーナーも同然、利益は自分の懐に入るが、その分、赤字の損害は自分で被らなくてはならない。社員ならば、月給制で安定している。

「ふたりがどうして別れたのか、知っていますか？」

「離婚は梓の方から切り出したらしいわ。浮気や借金とかの問題ではなく、性格の不一致ということだけど、学の方は別れたくなくて、家裁での調停まで行ったらしい」

安西には、一度、初動捜査で、別の刑事が話を聞いていた。そのときは、三年前に離婚してから、今ではほとんど連絡も取っていない。梓の現状も知らない、ということだけしか聞かなかったようだ。

あらかじめ連絡はしていなかったが、二時頃、昼の混雑も落ち着く時間に行ったので、すんなりと安西には会えた。

安西は、少し太り気味の、人のよさそうな男だった。三十五歳ということだから、梓より五つ年上だ。

自分でコーヒーを運んできて、黒岩と圭司の前に置き、そうして向かいに座る。

「どうですか、その後」

心配そうな顔で、そう尋ねたが、目が好奇心で光っている。三年前に別れた妻といっても、すでに他人のトラブルなのかもしれない。

「まだ、梓さんの行方は見つかっていません。安西さんは、梓さんのよく行きそうな場所に、心当たりはありませんか」

「いやあ……」

彼は頭を掻きながら、首を捻った。

「もう、別れてから三年経ちますし、再婚していたことも、人づてに聞いただけですのでねえ」

「それでも五年間、結婚生活を続けられたわけでしょう。安西さんは、梓さんのことをもっともよく知っている人のひとりだと思います」

そう言っても、安西は苦笑いを浮かべるだけだった。

黒岩の背筋がすっと伸びた。本題に入るつもりらしい。

「それで、これは大事なことなのですが、小早川夫妻には、トラブルを抱えていたような様子はありませんでした。もしかしたら、梓さんに、以前から、事件に巻き込まれるような、そんな徴候や、きっかけのようなものはなかったのでしょうか」

あえて、梓が殺したかもしれない、ということは匂わせないように、注意深く黒岩は話した。安西の目がすっと細められる。

「たしか、新聞には、重要参考人として妻の行方を捜している、と、書いてあったと思いますが」

「もちろん、梓さんが夫を殺害した可能性はあります」

「そうですか……。しかし、わたしは彼女の新しい旦那のことはまったく知りませんし、彼女と夫にどんなトラブルがあったかは、わかりませんがね」

「小早川さんのことは、ご存じなくても結構です。安西さんが結婚生活で気づいたことを、教えていただければ」

ことばを濁す安西を、黒岩は柔らかに問いつめ続ける。普段、圭司に対するときの物言いはきついのに、こういうときの黒岩は別人のようだ。

安西は、大きくため息をついた。まるで、言いたくないのに言わせられている、というようなポーズだった。

「梓はエキセントリックな女でした」

黒岩は表情を変えずに聞いていた。

「気に入らないことがあると、まるで鬼のように顔を歪めて、わたしを睨むんです。正直、恐ろしかった。急に泣き出して、止まらなくなったり、些細なことで実家に帰ったり。結婚生活は、そんなことばかりで、気の休まる暇もなかった。一時期、精神科に通っていたこともあります。梓が夫を殺した、と聞いて、あの、鬼のような表情を思い出しました。背筋が凍る思いでしたよ」

「それでも、離婚を切り出されたのは、梓さんの方だったそうですね。安西さんは、離婚するつもりがなかったそうですが」

「だって、離婚されるような理由など、まったくありませんでしたから」

安西は、胸を張るように言った。

「梓は、専業主婦でしたし、離婚してどうやって生計を立てていくのかもわかりませんでした。離婚を納得できなかったのは、彼女に対する愛情も責任感もありました」

黒岩の表情からは、安西に対する感情は見えない。ただ、静かな表情で、質問だけを繰り出していく。

「梓さんが、離婚の理由として、申し立てたのは、どういったことでしたか？」

「主立った理由は、性格の不一致ですが、それに出された具体例は、本当に些細なことばかりでしたよ」

安西は、吐き捨てるように言った。

「たとえば、仕事で疲れて帰ってきたわたしが、彼女が話しかけたことに、返事をしなかったとか、彼女が言ったことを忘れていたとか、そんな些細なことを、執拗にあげつらうんです。そんなことを言われても、困ってしまいましたよ。どこの夫婦にだって、あることです」

片方の言い分だから、完全には信用できないとしても、たしかにそんな些細なことが、離婚の原因になるのだろうか。黒岩は、彼のことばに対して、同意も反対もしなかった。

黒岩の反応がなかったのが、つまらなかったのか、安西は圭司の方を向いた。

「そちらの刑事さんは、どう思いますか？　彼女の方の両親だって、梓のわがままだから離婚は思い直せって、説得していたんですよ」

「変わった方だったんですね」

「まったくです」

彼は大げさにため息をついた。

「しかし、最終的に梓さんの言い分は認められたんですよね」

「こちらが折れたんですよ。慰謝料もいらないと言うし、向こうが結婚生活を続けたくないと言うのに、こっちが土下座して頼んで、離婚しないでくれというのも、変でしょう」

「そうですね」

はじめて、黒岩が同意のことばを口に出した。

「ところで、離婚調停は、弁護士を通されたのですか？」

「梓の方は途中から、弁護士を通してきました」

「その弁護士さんの連絡先を伺えないでしょうか」

　安西はあからさまに不快そうな顔になった。

「そんなことが、今度の事件に関わりがあるんですか？」

「もし、事件の根っこが、梓さんの性格に関係があるとしたら、そのことについて、第三者の意見を聞きたいのです」

「もう、三年も前のことですからねえ……。ちょっと帰って調べてみますが、調べられないかもしれませんよ」

「よろしくお願いします」

　黒岩は一度頭を下げてから、付け加えた。

「大事なことですから」と。


　署に帰ると、珍しく、鳥居係長が席に座って、コーヒーを飲んでいた。

　黒岩が、つかつかと係長の席に向かった。派手なパンプスの音が署内に響く。

「係長。もう少しこちらに、人をまわしてくれませんか。ふたりじゃ、解決できるものも、解決できません！」

　いきなりの黒岩の剣幕に、係長はぎょっとした顔で、彼女を見上げた。

圭司は、少し感心しながら、後ろからその様子を眺めた。先ほど、安西相手に見せたような細やかな気遣いは、まったく見られない。気を使う場所と、使わない場所を、鮮やかに分ける人である。

「しかし……、そちらの事件は、初動捜査で、妻の犯行に、ほぼ間違いないという見解が出たじゃないか。さっさと逮捕状を取って、指名手配をすれば話が済むことで……」

「わたしは、そうは考えていません」

「そんなことを言われても、『ホスト殺し』の方は、まだ犯人の特定もできていないんだ。人手が足りないのは、こっちも一緒だ」

「それにしても、こっちはふたりだけで、残り八人が全部そちら側というのは、ちょっとあんまりじゃないですか。あと、ふたりまわしてくれれば、倍早く片づきますよ」

「まあ、こっちが終わればな……」

「いつ、終わるんですか！」

係長はいきなり、席を立った。ちょうど、西野が部屋に入ってきたのだ。

「あ、西野くん！　昨日の報告書についてなんだが……」

係長は、駆け寄るような勢いで、西野の方へ向かった。明らかに黒岩から逃げた形だ。黒岩は、ため息をついて、大股で席に戻ってきた。ポケットから煙草を出してくわえる。

「まったく……」

忌々しげに煙を吐きながら、彼女は呟いた。

文句を言っても、捜査員の割り振りは、係長にまかせられている。係長にその気がなければ、なにを言っても無駄だ。

黒岩は、まだ長い煙草を、灰皿で揉みつぶすと、圭司の方を向いた。

「會川くん、飲みに行きましょう」

「は？」

はじめ、なにを言われたのかわからなかった。

「なに、デートでもあるの？」

「いえ、そんなことないですけど」

「じゃあ、決まり。一応先輩だから、おごるわよ」

彼女は、上着を肩に羽織ると、そのまま歩き出した。

黒岩が連れて行ってくれたのは、寿司屋も兼ねたような居酒屋だった。

高級な雰囲気ではないが、新鮮な魚がカウンターのケースに並んでいて、いかにもおいしそうだ。

彼女は、刺身の盛り合わせを注文すると、圭司に、なんでも好きなものを頼むように言った。

「ええと、じゃあ、もずく酢と、さらし鯨を……」

「なんか地味ね」

「仕方ないじゃないですか、好きなんですから」

「別に駄目とは言っていないわよ」

黒岩が注文した、焼酎のお湯割りと、圭司の生ビールがきたので、とりあえず、乾杯をする。

「そういえば、刑事課の人と飲みにきたの、はじめてです」

おいしそうに焼酎のグラスを傾けていた黒岩が、ふうん、と気のない返事をする。

「ホスト殺害事件が片づいたら、きっと歓迎会してもらえるわよ。なんたって、期待の新人だもの」

もうひとくち、焼酎を口に含んで、黒岩は首を傾げた。

「そういえば、どうして、期待の新人なの？」

「え、そ、それは……」

配属されてすぐならば、まだしも、最初にあんな失敗をしてしまった後では、どうして、自分がそう、騒がれていたのか、説明するのは恥ずかしい。

圭司が言いにくそうにしているのに、黒岩はそれに気づいた様子もなく、「ねえ、どうして？」を、繰り返す。

「大したことじゃないです。ひったくりを捕まえただけです」

「それだけ？」

そう言った後、黒岩は急になにかを思い出したように、膝を打った。

「そういえば、淀川区や、西淀川区近辺で、去年被害が続出した、あの高校生のひったくりグループのこと？」

やはり刑事だけあって、この近辺の事件には神経を払っているらしい。圭司は、少し困惑しながら頷いた。

「でも、ぼくが捕まえたのは、そのうちのふたりだけですよ」

「それでも、最初のふたりが捕まったことで、一斉検挙に繋がったんじゃない」

たしかに新聞にも、大きく記事が載って、大阪だけではなく全国を騒がせたニュースになったはずだ。捕まった少年たちは三十人近く。すべて、有名な公立進学校に通う生徒たちだった。

主犯格の三人の少年が、下級生や、同級生に携帯メールで指示して、犯行を繰り返していたという。被害額は、半年で五百万にのぼるという話だった。高校生とは思えないほど、知能的で、組織的な犯罪だった。

「そういえば、ある交番警察官が、非番も押して深夜までパトロールを繰り返して、そのうちのふたりを捕まえたって聞いたわ」

圭司は、少し照れくさくなって、苦笑した。あのときは、腹立たしさばかりで、無我夢中だった。後になって、同僚に「ひとりで点数を稼ごうとしている」などと噂されていたことを知ったが、そんなことを考えたわけではなかった。

「きっかけは、ぼくが勤務していた交番に、ひったくりの被害にあった女性が駆け込んできたことでした」

スナックで働く三十代の女性だった。たまたま、その日、月払いの給料をもらって、帰ってくる途中での被害だったという。生活費も、家賃として払うつもりだった分も、すべて盗られて、意気消沈した彼女がこう言ったのだ。

ひったくりをした若い男たちは、笑っていた、と。

信号待ちのとき、後ろからやってきたミニバイクに、ハンドバッグをひったくられた。

彼らは、そのままバイクで走り去るときに、大声で笑ったのだという。

「なんか……すげえ、腹立って……、こういうのをどうにもできないんだったら、警察なんてなんの価値もない、と思ったんです」

その一件がきっかけで、刑事課に採用になったときには、少し複雑な心境だった。たしかに、刑事になりたいとは、ずっと思っていたけれども、なにも考えずにやったことが、こういう結果に結びつくとは思わなかった。

「ふうん……」

黒岩は、目を細めて、圭司の話を聞いていた。見れば、黒岩のグラスは、いつのまにか空（から）になっていた。それなのに、刺身の盛り合わせは、少ししか減っていない。もしかして、この人は酒豪だったりするのだろうか。そう思って、顔を見ると、彼女はにっこりと笑った。

「さ、飲みなさい。會川くん」

「はあ……」

促(うなが)されて、圭司はぬるくなった生ビールを口に運んだ。

黒岩は機嫌良さそうに、焼酎のお代わりを注文していた。


酒豪かも、と思ったのは、大間違いだった。

たしかに彼女は酒好きだったが、そのくせ、思いっきり弱かった。

三杯目のグラスを空けたあたりから、呂律(ろれつ)が回らなくなり、四杯目の途中で、こっくりこっくりと船を漕(こ)ぎだした。

（どうすりゃいいんだよ……おれ）

ラストオーダーも終わり、店は刻一刻と閉店の準備を進めている。さっきから、何度揺さぶっても、彼女は起きない。

圭司は、もう一度、黒岩の肩を揺さぶった。

「黒岩さん、起きてください。もう閉店ですよ」

「ん、んー」

やっと、彼女は身体を起こした。けれども、目はとろんとして、身体は左右にゆらゆら揺れている。

「帰れますか」

「帰れるわよ……」

そう言うが、どう見ても、危なっかしくて仕方がない。まだぼうっとしている黒岩のかわりに勘定を済ませ、彼女の腕を引いて、店を出た。

ひとりで立つのもおぼつかない様子なので、肩を貸して支える。黒岩は逆らわずに、圭司の肩に凭れた。

(ソウが知ったら、羨ましがるだろうになあ)

幸いタクシーは、すぐに捕まった。だが、酔った状態の女性をタクシーに乗せて終わりというのは、どうも心配である。たとえ、彼女が男顔負けのやり手の刑事でも。

しばらく迷ってから、家まで送ることにした。彼女の家まで行ってしまえば、もう終電には乗れないが、帰りもタクシーで戻ればいい。もし、つかまらなければ、宗司に迎えにきてもらうという方法もある。

ふたりで、タクシーの後部座席に乗り込んだ。黒岩を揺さぶると、彼女は呂律のまわらない口調で、自分の家の場所を告げた。

タクシーが走り出すと、黒岩はまた窓に凭れて、くーくーと眠りはじめた。

相手が違えば、少しは色っぽい状況なのかもしれない、なんて考える。とはいえ、圭司には送り狼(おおかみ)になるような素質はない。なによりも相手は黒岩だ。色っぽいことになどなりそうもないし、なりたくもない。

深夜の道路は、思ったよりも空いていた。二十分ほどで、黒岩の家の前に着いた。

タクシーに待っていてもらおうか、と思ったが、運転手が不機嫌な顔をしているので、言い出しそびれた。

まだよれよれとしている、黒岩を支えながら歩いた。

「あそこの、三階……」

彼女が指さしたマンションに入り、エレベーターに乗った。エレベーターを下りたところに「黒岩」と書かれた表札を見つけて、ほっとする。

「黒岩さん、つきましたよ」

「んー」

彼女は、寝ぼけた顔で、瞬(まばた)きすると、ドアフォンを押した。どうやら、同居人がいるらしいと知って、ほっとする。

ドアはすぐに開いた。出てきたのは、ゴールデンレトリバーに似た顔をした男性だった。圭司の顔を見て、目を丸くし、それから、やっと黒岩に気づいた。

「花(はな)ちゃん？」

「すいません。お世話をおかけしました」

黒岩を畳の上に寝かせ、毛布を掛けると、犬似の男性は、礼儀正しく頭を下げた。

「いえ、いつも職場で、こちらがお世話になっていますので……」

圭司もつられて頭を下げた。

「数日前に刑事課に配属されてきたんです。それから、黒岩さんに仕事を教わっています」

別に怪しいものではない、ということを強調するために、そう言う。男性もそれを聞いて、ほっとしたような顔になった。

「そうですか」

「それでは、失礼します」

出ていこうとした圭司を、男性は呼び止めた。

「あの、この時間じゃもう終電はないでしょう。失礼ですが、タクシー代を……」

圭司は大げさに手を振った。

「いえいえ、兄に迎えにきてもらおうと思います」

「それでしたら、ここでお待ちになってはいかがですか？　お茶でも飲んでいってください」

たしかに、こんな夜中に外で待つのはつらい。圭司は、そのことばに甘えることにした。

携帯で宗司に電話をかけた。呼び出し音が長く続いた後、宗司の寝ぼけた声がした。

「ふあい」

「ソウ、すまん、おれや。悪いけど、今から車で迎えにきてくれへんかなあ」

「アホか、なに言うてんねん。おれはおまえの運転手ちゃうぞ！」

だが、その次に、「で、どこにいるねん」と尋ねるあたりが、宗司の人のよすぎるところである。場所を告げて、電話を切った。

ちょうど、黒岩の同居人が、湯呑みを運んできた。礼を言っていただくことにする。酒を飲んだ後の渇いた喉に、熱い焙じ茶が染み渡った。

「失礼ですが、黒岩さんの旦那さんですか？」

彼は、少しはにかんだように笑った。

「いいえ、結婚はしていません。ぼくはただの居候ですから」

居候といっても、わざわざ結婚していないというのなら、黒岩の恋人で、つまりは同棲していることではないか。

黒岩が結婚しているとしても、さして驚きはしなかっただろうが、同棲しているというのには、少し驚いてしまった。なんとなく、同棲というのは生々しい。

なぜか、台所から味噌のいい匂いが漂ってくる。ふいに空腹感を感じて、圭司は唾を飲んだ。黒岩がほとんど、肴を頼まなかったせいで、圭司ももずく酢とさらし鯨しか、食べていない。

その様子を察したのか、彼が言った。

「あの、よかったら焼きおにぎりがあるんですが、食べませんか？　花ちゃんはいつも帰って食べるから、用意していたけど、この調子じゃ食べそうもないし」

たしかに黒岩は、すでに心地よさそうな寝息をたてている。眼鏡がずれていて、いつもの緊迫感がまるでない。

「じゃ……おことばに甘えて……」

「どうぞどうぞ」

五分ほどで目の前に、味噌と醤油の二種類の焼きおにぎりと、蜆の味噌汁が並べられた。なんだかずうずうしいかな、という気持ちは、味噌の焦げる匂いで、あっという間にかき消された。

持てないほど熱いそれを、はふはふ言いながら頬張る。

「おいしいです……これ……」

お世辞ではない。焼きおにぎりなんて、もともとまずく作りようのないものだが、それを差し引いても、出された焼きおにぎりは絶品だった。味噌には、紫蘇の実が混ぜられていて、それが爽やかなアクセントになっていたし、醤油は醤油で、酒のよい香りがかすかにしている。

「そうですか、よかったです」

蜆の味噌汁もシンプルだが、酔いの残った身体に染み渡るうまさがあった。

よい匂いが伝わったのか、黒岩がむくっと起きあがった。

「焼きおにぎり……」

「花ちゃん、今食べる？　それとも明日の朝ごはんにしてもいいよ」

彼は、優しい声でそう言った。黒岩はぼんやりした顔のまま、しばらく考えた。

「朝に食べる……」

「わかった。じゃあ、おやすみ」

「おやすみ、トモくん」

毛布を被って、ごろんと横になる。なんとなく微笑ましい気持ちで言った。

「黒岩さんって、花子っていう名前なんですか？」

「いいえ、『花』ですよ。子はつきません」

この人が、そんなに可愛い名前だとは知らなかった。

ちょうど、焼きおにぎりを食べ終わったころ、携帯が鳴った。宗司だった。今、先ほどタクシーを降りた国道のあたりまできているらしい。

「悪い。じゃあ、これから行くわ」

電話を切ると、圭司は黒岩の同居人に頭を下げた。

「兄がきたので、帰ります。ごちそうさまでした」

「いいえ、こちらこそ、ありがとうございました」

玄関先で、彼はふいに言った。

「花ちゃんを、よろしくお願いします。彼女、いろいろ誤解されやすくて……」

「いえ、そんな、世話になっているのはこちらの方ですから」

おにぎりと味噌汁の礼を言ってから、圭司は、黒岩のマンションを出た。

先ほどの国道沿いまで戻ると、宗司のワゴンが目に入った。見れば、宗司はパジャマ姿のままである。

「ごめん、助かった」

助手席に乗ろうとすると、宗司は不機嫌そうに言った。

「酔っぱらいは、後ろ」

「そんなに酔ってへんよ」

だが、言われたとおり、後部座席に座る。車が動き出した。

「まったく、タクシー代もないのなら、終電までに帰れ」

「仕方ないやん。酔いつぶれた黒岩さん、送っていってんもん」

「じゃあ、ここ、黒岩さんの家の近所なんか？」

興味深げにきょろきょろしながら、宗司は町並みを眺めた。

「迎えにきてくれた礼に、ええこと教えてやる」

「なんや」

「黒岩さんの下の名前、『花』っていうらしいで。花ちゃんや」

「へええ、可愛いなあ」

気が抜けたせいか、不思議に先ほどまで感じなかった酔いを感じる。

「ええこと聞いたやろ」

「うん」

のんきに答える宗司の背中に向かって言った。

「じゃ、次は、あんまりよくないこと。黒岩さん、彼氏おったで」

「なんやと！」

後ろをふり返った宗司の頭をつかんで、前を向かせる。

「前向け、前。警察官が脇見運転なんかしたらあかんぞ」

「だれのせいやねん」

「突き詰めたら、黒岩さんのせいかなあ」

宗司は大きくため息をつくと、また運転に集中しはじめた。

「そっかー。彼氏いるんか……」

「ええやないか。告白して振られるよりも、ダメージ少ないやろ」

「だから、なんで、告白したら振られるって、決めつけるねん！」

うるさいので、わざと寝たふりをした。宗司はしばらく、ぶつくさ言っていたが、すぐに黙った。まあ、一度会って、「いいな」と思っただけだから、今までの致命的な失恋の数々と比べれば、それほどショックではないだろう。

薄目を開けて、宗司のきれいに刈り揃（そろ）えられた後頭部を眺めた。心なしか、いつもより、うなだれている気がした。

第五章

そうやって、何年暮らしたことでしょう。

不思議なことに、ルカは少しずつ大きくなって、大人になりました。もう、死んでしまっているのに、大きくなるなんて、なんて変なんでしょう。

それでも、まいにちはなにも変わりませんでした。おおかみはときどき、おなかが空きましたし、そのときには、ルカを食べました。いいかげんなれてもよさそうなのに、食べられると、いたくて、くるしいのも同じでした。

その日、おおかみは、ルカを崖のところまで案内しました。

崖のところに、野いちごを見つけたのです。

野いちごを食べたのは、こちらの山にきてからのことです。ルカがそだった村では、野いちごみたいに、きれいで、しかも甘い実などありませんでした。

ルカは、いちごをつんで食べました。赤い実は、まるでルビーのようでした。

おなかがいっぱいになって、立ちあがったとき、おおかみが寝ていることに気づきました。

崖のそばは日が当たって、とても気持ちよさそうです。おおかみの灰色の毛が、風に揺れました。

ふいに、ルカの身体を、どうしようもない衝動がおそいました。

ルカは足音をたてずに、おおかみに近づきました。そうして、そのからだを、強く押しました。

おおかみは、目を開けましたが、もうそのときには、おそかったのです。

おおかみの身体は、崖から投げ出されてしまいました。

ルカは立ちあがって、歩き出しました。もっと早く、こうすればよかった、と思いました。

それから、ルカのすがたを見た人は、だれもいません。

実を言うと、その朝、黒岩の顔を見るのが楽しみだった。

酔いつぶれて、部下に家まで送らせたのだから、さすがの黒岩も意気消沈しているだろう、と思ったのだ。いつもマイペースを崩さない彼女の、そういうところは、ぜひとも見たい。

そんなことを考えながら、圭司はその日、刑事課に出勤した。

「おはようございます」

ちょうど、紙コップのコーヒーを持って歩いている黒岩に出会った。

「あら、會川くん、昨日はどうもありがとう。迷惑かけちゃったわね」

コーヒーがこぼれないように気にしながら、黒岩はにっこり笑ってそう言った。

まるで、残業を手伝わせただけのような口調で、まったく気にした様子はない。

（もしかして、ああいうことはよくあるのだろうか）

それとも、神経質そうに見えて、案外鈍感なのか、もしくは意外に天然なのか、悩みながら、彼女の後を追った。

「いえ、ぼくこそ、かえってごちそうになっちゃって……」

「あら、彼のごはん食べたの？」

「はい、おいしかったです。調理師さんかなにかなんですか？」

黒岩は自分の机に座って、コーヒーを飲みはじめた。

「ううん。そうじゃないの。あの人、今、働いていないから」

少し、どきっとする。悪いことを聞いてしまったかもしれない。この不況時だから、そういうこともあるかもしれない。

黒岩は、別に大したことではないかのように、話を続ける。

「小説家志望なのよね。あちこち、新人賞に応募しているんだけど、あんまりうまくいかないみたい。バイトとかもするんだけど、どうも要領悪いみたいで、すぐクビになるし」

圭司は改めて、昨日、黒岩の同居人の言った「ぼくはただの居候」ということばを思い出した。

「と言うことは、黒岩さんが、彼の生活の面倒見てあげているんですか？」

驚きのあまり、下世話なことを聞いてしまう。黒岩は別に気にした様子もなく、言った。

「金銭面ではね。でもいいのよ、智久(ともひさ)、家事は上手で、そっちの面倒は見てもらっているから」

昨日の焼きおにぎりの味を思い出し、圭司は大きく頷いてしまった。

「わたし、全然駄目なのよね。洗濯とか掃除とかも。なんで、あの人が洗濯すると、シーツが真っ白で、皺ひとつないんだろう。わたしが洗うと、くしゃくしゃになるのに」

（それは洗った後、ぱんぱんと引っ張って干さないからではないだろうか）

子供のころから家事をやってきた圭司は、内心でつっこんだ。

しかし、ことばは思いっきり悪いが、それは世間では、「ヒモ」とか言うのではなかろうか。いや、志を高く抱くのは、悪いことではないが。

（ソウが知ったら、きっとぶーぶー言うな）

まあ、昨日見たところ、黒岩と彼は、うまくやっているのだろうけど。

コーヒーを半分ほど飲んだところで、黒岩は思いだしたように、カップを置いて立ちあがった。

「そうだ。十時にアポイント取っていたんだ。會川くん、支度して」

「え？　どこに行くんですか」

「梓の、前の結婚のとき、調停を手がけた弁護士のところ」

そういえば、昨日、黒岩は安西に、弁護士の名前を尋ねていた。大事なことですから、と言って。

「安西から、連絡があったんですか？」

「ないわよ。あの調子じゃ、『忘れた』でごまかされそうだったから、さっき、家裁に電話して調べてもらったの。すぐに教えてくれたわ」

しかし、安西と梓のことは、もう終わったことだ。それが今度の事件となにか関係があるのだろうか。

「なにぼうっとしているの。早くして」

きっと睨み付けられて、圭司はあわてて、席に戻って上着を取った。

まあ、黒岩についていくしかない。


また、奈良に行くのかと思っていたら、行き先は大阪市内らしい。

「わざわざ大阪の弁護士さんに頼んでいたんですか？」

圭司の質問に、ハンドルを切りながら黒岩は頷いた。

「少し、特殊なケースだからね」

そう言われて、首を傾げる。安西の話では、それほど特殊な離婚例だとは思えなかった。単なる性格の不一致だろう。

赤信号のとき、黒岩は、ミントタブレットを口に含んで、言った。

「なんで、わたしが、梓の前の夫にこだわっているのか、変に思っている？」

本当は、「そんなことないです」とか言った方がいいのかもしれない。けれども、昨日からのマイペースぶりを見ていると、この人に必要以上に媚（こ）びたり、気を使ったりする必要もないような気がしてきた。

「思っています」

「でしょうね。でも、気になることがあるの。たぶん、そこからはじまっているのよ」

その弁護士事務所は、梅田の駅前ビルに入っていた。一等地だから、ずいぶん繁盛しているのだろう。数人の弁護士が一緒に事務所を構えているようだ。

受付の女性に名前と用件を告げると、小さく分かれた個室のひとつに通された。ほどなく、四十代くらいの痩せた男性が入ってくる。

「弁護士の浅野（あさの）です」

黒岩も立ちあがって挨拶をした。

「急にお伺いして申し訳ありません。どうしても確認したいことがありましたので」

浅野は、圭司たちの正面に座ると、身を乗り出した。

「津森梓さんの件ですね。覚えています」

浅野は、旧姓で梓を呼んだ。

「間違いありません。彼女の離婚の原因になったのは、ＤＶ、すなわち、ドメスティックバイオレンスです」

　圭司は驚いて、黒岩と浅野の顔を見比べた。黒岩は、特に驚いた様子はない。

「やはりそうですか」

「ちょ、ちょっと待ってください。安西は、暴力なんてふるわなかったと言っていましたが……」

　もちろん、安西が嘘をついた可能性もないわけではない。だが、そんなにすぐばれる嘘をつくだろうか。

　浅野は目を細めて頷いた。

「安西さんは、たしかに、暴力をふるってはいません。そのことが、事態の解決を遅くした部分もあります。ですが、ＤＶは、肉体的な暴力だけのことではないのです」

「浅野弁護士は、関西で、ＤＶに関わる事件を多く扱ってきているのよ」

　黒岩が、圭司にそう説明した。浅野は話を続ける。

「もちろん、今、日本のＤＶ防止法で問題にされているのは、配偶者からの身体的な暴力です。ですが、欧米では、パワーコントロールという形で、自分の妻や恋人の自由を拘束したり、精神的に自信を奪ったりすること自体が、ＤＶであるという考えが一般的です。暴力というのは、そのための効果的な手段のひとつなのです」

「安西と梓の間にあったのも、それだったんですね」

黒岩のことばに、浅野は頷いた。

「明確にそうでした。安西さんは、まず機嫌が悪いとき、梓さんを徹底的に無視しました。長いときは、一週間以上も口をきかないということがあったそうです。しかし、このとき、梓さんが不満そうなそぶりを見せたり、それを責めるようなことを言ったりすると、安西さんは、怒りを梓さんにぶつけました。ただ、ちょっと気分がすぐれないから、黙っていただけなのに、それに対してその態度はなんだ。そう言われたと、梓さんは語っています。それを繰り返したせいで、梓さんは、夫にどんなに無視をされても、自分から抗議をすることなどなくなりました。ただ、じっと耐えることしかできなかったのです」

生活のすべてが、それと似たような構図だったという。梓がなにか、家事で手を抜いたり、失敗をすると、それを何日もねちねちと、叱り、責める。しかし、そこで梓が反論などすると、安西の怒りは、よけいにひどくなったのだと言う。

「普段から、『おまえは駄目なやつだ』『本当に間抜けだな』などと、執拗なほど言われていたそうです。安西さんは離婚調停のとき、『愛情ゆえのことばです。本気で言っているわけではありませんでした』と語りました。ですが、そのことばを常に投げつけられてきた、梓さんの心はぼろぼろでした」

たしかに、安西が梓の身体を殴ったことは、一度もなかった。だが、安西は切れると、そこらの物を壁に投げつけ、壊しはじめたのだと言う。また、梓が反抗的な態度をとったときには、自分の頭を壁に何度もぶつけて、奇声を発したという。そうして、そんなとき、彼は、決まったようにこう言ったのだ、と。

「おれに、こんなことをさせないでくれ」と。

「安西さんは、あくまでも、梓さんが、自分に常軌を逸した振る舞いをさせている。梓さんがちゃんとしていないから、こんなことになる、という態度を崩しませんでした」

圭司は息を呑んだ。たしかに最初は、「暴力をふるわないドメスティックバイオレンスなどあるのだろうか」と疑問に思ったが、たしかにこんなことを繰り返されれば、精神的に参ってしまうだろう。

「それと、もうひとつ、安西さんは梓さんを、友人と接触させることを非常に嫌いました。しかも、ことばでそれを強制することはしませんでした」

浅野のことばに、圭司は疑問を感じた。

「ことばで強制しないというのは、どういうことですか？」

浅野はふうっとため息をついて、話を続けた。

「梓さんは、友達などと出かけるとき、いつも前もって、夫に許可をもらいました。何日に友達と出かけたいのだけど、かまわないか、と。安西さんは、そのときは、嫌な顔をせずに、『行っておいで』と言いました。ですが、その当日になると、『そんなことは聞いていない。今日は出かけられては困る』などと言い出したり、急に病気になったふりをしたり、もしくは、不機嫌を露わに出しました。そういうやり方で、結局梓さんを出かけさせないようにするのです。これも、安西さんは、『本当に、ただ忘れていたり、体調が悪かったのだ』と言っていますが、もちろんそれは嘘でしょう。彼自身も、その嘘を信じ込んでいるのかもしれませんが」

圭司は、梓の同級生の、原信生のことばを思い出していた。結婚して、急に梓が約束に遅れたり、連絡なしに約束を破ったりを繰り返すようになった。彼はそう言っていた。

浅野は話を続けた。

「現行のDV防止法では、梓さんを保護することはできませんでした。ですが、安西さんが梓さんを精神的に虐待していることは明確でした。家裁の調停員たちも、これは離婚しかない、と感じたようです」

昨日会った安西は、未だに「夫婦の間ではよくある些細なこと」と語っていた。こうやって聞いてみれば、決して些細なことなどではない。しかし、安西は未だに、「些細なことだった。だれでも、それくらいはやっている」と信じているのだろう。そのことに、無性に腹が立った。

「梓さんは、早い時期に、ご両親に一度相談をしています。ですが、彼女のご両親も家父長制度が染みついているタイプの人たちでしたから、『おまえにも至らないところがあるから、そんなことになるのだろう』とか『夫の言うことはきいておくものだ』などと言われ、よけいに人に相談する気持ちが薄れてしまったのでしょう」

ちょうど、事務員らしき女性が運んできたお茶で口をうるおして、浅野は呟いた。

「そうですか。梓さんが、再婚をされていたのですか……。ただ、その話を聞いただけならば、ああ、今度はいい人と出会えたのだな、と思えたのですが……」

「すみません。嫌な知らせで」

黒岩は困ったような顔で、そう言った。

梓の新しい夫は、すでに殺されていて、梓に容疑がかかっている。この状況では、よい知らせとはとても言えないだろう。

「離婚に至るまでの道筋を教えていただけますか?」

重くなった空気の中、黒岩の声はいつもと変わらない。

「最初、彼女はひどい鬱状態になり、精神科を訪れました。そのときの彼女は、『自分は、取るに足らない、無価値な人間である』と心底思いこんでいたそうです。そこの医師は、彼女の話を聞き、夫と彼女の関係が改善されなければ、彼女が回復することはありえない、と考えました。そうして、夫と一緒にカウンセリングなどを受けてもらったのですが、夫の方には、まったく気持ちを改める様子は見られず、また、すぐにカウンセリングにはこなくなったそうです。梓さんにも、『あんな藪医者のところへ行くな』と言ったそうなのですが、梓さんは、夫が仕事に行っている間に、その医院へ通い続けたそうです」

安西が言っていた、「梓が精神科に通っていた」ということばの真相は、そういうことだったのか。嘘はついていないが、あくまでも自分の都合のいいようにしか考えない男である。

「梓さんは、しっかりした頭のいい女性でした。医者から、ＤＶ被害者の会を紹介され、そちらにも通うようになり、そうして、よく考えた結果、離婚という道を選択されました。ＤＶが原因で離婚となる場合、夫が簡単に別れてくれるということは、ほぼ考えられませんので、その時点で、被害者の会からわたしが紹介され、離婚の話を進めることになったのです」

不思議に思って、圭司は尋ねた。

「そんな状態だったのに、慰謝料はわずかでも請求しなかったんですか？」

浅野弁護士は、頷いた。

「梓さんは、少しでも早く離婚し、夫と関係を断ちたいと切望していました。離婚の時点で、彼女は二十七歳。若かったことと、子供がいなかったことも幸いしました。新しい生活をはじめるために必要な程度の貯金もありましたから、あえて慰謝料は請求しないことにしたのです」

「そうだったんですか……」

そうして、一から生活をはじめた梓は、三年後、小早川と出会って結婚した。彼女だって、不幸になりたくて結婚したわけではないだろうから、そこには幸せの予感がたしかにあったのだろう。

そうして、わずか六ヶ月。彼らの間に、なにがあったのだろう。

事務所を辞すとき、浅野は、頭を下げて言った。

「もし、梓さんが必要だとお考えになったのなら、声をかけてもらえるようにと、お伝え願えませんか」

そのことばは、嫌でも、これから結末がどうなるのかを思い知らされて、胸が塞ぐ。たぶん、梓はこれから弁護士が必要な立場になるだろう。

「伝えておきます」

黒岩は表情を変えずにそう言った。

「どうしたの。いやに、暗い顔をしているじゃない」

ミントのタブレットを口に放りこみながら、黒岩が言った。

「落ち込んでいるんです」

圭司の返事に、不審そうな顔でこちらを向く。

「どうして？」

「男であることにです」

DVは、特に男から女への暴力やパワーコントロールと、定義されているわけではない。だが、九十五パーセントまでが、男から配偶者や恋人への暴力だという。そう聞いてしまえば、自分が男であることが、腹立たしく、そうして痛い。

黒岩は、特に慰めるでもなく言った。

「じゃあ、浮上したら教えてちょうだい」

そんな一瞬で立ち直ったわけではないが、黒岩がなにを言おうとしているのか気になる。

「なんですか？」

「これから、午後だけど、わたしはちょっと行くところがあるの。卓雄の前妻に会ってくるつもり」

「ぼくも行きます」

「一緒に行けたらいいんだけどね。いいかげん、梓の行方も突き止めないと、今度こそ、絞られてしまうわ。會川くんはそっちを担当して」

たしかに、そうだ。いいかげん、係長も角を立てるだろう。

「でも、どうするんですか？」

「さっきの話と関係してくるの。今、あちこちに、DV被害者のシェルターができているわ。一時的に被害者を夫から保護して、守るための施設よ」

圭司は、あっ、と小さな声をあげた。

「梓がそういうところに逃げ込んでいるかもしれない、と思っているんですね」

黒岩は前を向いたまま頷いた。

「直接、シェルターに隠れているということはないでしょうね。でも、梓は、被害者の会にも通っていたから知人が多く、そうして、その人たちのことを、心底信頼していたはずよ。もし、だれかを頼るのなら、そこで知り合った仲間か、支援者である可能性は高いわ」

「わかりました」

「帰ったら、関西の団体をピックアップして。そんなに多くはないと思うから、直接回って、聞き込みをして」

「わかりました」

ハンドルを切りながら、黒岩はかすかに眉を寄せた。

「そっちも男よりも女が連絡した方がいいんだけどね。男だと、加害者の夫が嘘をついてきているかもしれないと、疑われる場合があるから。でも、卓雄の前妻の方も、わたしが会いに行った方がいいはずだし」

しかし、強行犯係には、女性は黒岩しかいない。

「なんだったら、盗犯係の女性にでも、手伝ってもらうという手もあるわね。向こうが忙しくなさそうだったら、の話だけど」

「忙しくない、なんてことは、なさそうですけどね」

やっと、梓の行方に焦点が合ってきた。彼女を早く見つけなければならない。

圭司はふいに、綾の顔を思い出した。

そう、彼女も言っていたはずだ。早く、義姉を捜してください、と。

保護施設など、調べれば簡単に見つかると思っていたら、それが甘かった。どこにもそのような情報が公開されていないのだ。

逃げた妻の居場所が、夫に特定されないための防御策だということだった。市の女性相談センターまで出向いて、やっと公的保護施設や、民間シェルターの場所を教えてもらうことができた。

大阪、奈良、兵庫の三府県にシェルターは五つあった。今日中には無理でも、明日までかければ、すべて回れるだろう。京都にも保護施設があったが、勤め先のある大阪、産まれ育った奈良、住んでいた兵庫に比べると、梓には馴染(なじ)みが薄いはずだ。後回しにしても問題ないだろう。

とりあえず、いちばん近い大阪の施設から回る。一軒目は空振りだったが、二軒目でわずかな収穫があった。

そこのボランティア女性のひとりが、梓を知っていると言ったのだ。

「サバイバーの自助グループに、彼女、参加していました」

サバイバー——生存者——とは、虐待から脱出した人間のことだが、彼らには埋められない心の空洞や、深い傷が残っている。そういった人たちが、カウンセラーやボランティア、また同じ経験をした人たちと共に、心の傷を癒すためのグループがあるのだと言う。

「それでも、一年くらい前から、まったく見なくなりました。もうすっかり、回復したのだと思っていたのですが、なにかあったのですか?」

やはり、彼女も事件のことを知らなかった。彼女にとって、梓は津森梓であり、決して小早川梓ではなかったから、事件のニュースを聞いても、それが梓のことだとは考えられなかったと言う。

あえて、梓が重要参考人であることは言わなかったが、事件に巻き込まれて行方不明というだけで、その女性にはショックな出来事だったらしい。

ともかく、その自助グループについて、教えてもらう。

自助グループは、シェルターや相談所ではないから、常に活動しているわけではない。隔週土曜日に、女性相談センターの一室を借りて、集会を行っていると言う。次の集会にはまだ日があるから、責任者の名前と連絡先を書きとめた。

そこを出たときには、すでに暗くなっていた。

報告と今後の相談のため、圭司は南方署に戻ることにした。刑事課に帰ってくると、強行犯係のあたりが、どうも騒がしい。

机に戻ると、西野と目があった。

「どうしたんですか?」

「ああ、あの例のホスト殺害事件、逮捕状が出たから、これから踏み込む」

圭司は息を呑んだ。最初に、圭司も現場を見ているから、まったく無関係ではない。あのとき、あんなヘマさえしなければ、事件発生から、初動捜査を経て、犯人逮捕までのドラマティックな経過を体験できたのに、などと考えてしまう。

「係長も上機嫌になっているはずや。これ済んだら、そっちにも人員をまわしてもらえるやろう」

「そうであることを祈ります」

目の前を、ひきしまった表情の城島が通り過ぎた。ああ、映画みたいで格好いいなあ、などと、他人事のようなことを考えてしまう。

自分にもいつか、あんなふうにひとつの事件を解決できる日がくるのだろうか。

「じゃあ、行ってくるわ」

西野は片手を上げて、机を離れた。ほぼ、同時にどやどやと大勢が出ていき、強行犯係には、係長のほかはだれもいなくなった。

圭司は、取り残されたような気分になって、軽くため息をついた。

黒岩は今ごろ、なにをしているのだろう。

結局、その日、黒岩は戻らなかった。伝言だけ残して、圭司は寮に帰った。

家にも明かりはついていない。玄関で靴を脱いで、電灯をつけると、冷蔵庫の上から太郎がすたっと飛び降りた。

こちらに歩いてきて、挨拶はしたが、表情はのんびりしているので、食事はもらったらしい。

圭司は首を傾げた。今日は、宗司は非番だったと思ったのだが、急に夜勤でも入ったのだろうか。不審には思ったが、相手はあの図体の大きい宗司である。心配することなどないだろう。

（しかも、警察官だし）

そう考えて、風呂に入り、寝ようとしたときだった。

いきなり電話が鳴って、圭司は飛びおきた。午前一時、あまり普通の用件でかかってくるような時刻ではない。

「はい、會川です」

「ケイちゃん、わたしやけど」

電話口の声は、間違いなく、母親のものだった。

「なんや、美紀ちゃんか、どないしたんや」

仕事柄、彼女はまだ働いているはずだ。とはいえ、こんな時間に電話をかけてくることなど滅多にないことだ。

「今、ソウちゃんが店にきているんよ。なんか落ち込むことがあったみたいで、酔いつぶれてしもうて、どうしようかと思って」

「ええっ？」

あわてて、受話器を持ち直す。だが、母親の声は相変わらず、明るい。

「ケイちゃんやったら、一日くらいうちに連れて帰ってもええけど、ソウちゃんはかなわんわー。いや、愛情の違いやのうて、大きさ的に」

そりゃ、そうだろう。酔いつぶれた宗司を運ぶなんて、圭司でも嫌だ。

「どうしよう。おれ、これから迎えに行こうか？」

「そこまでせんでもええよ。これから、タクシーに乗せるから、タクシーから部屋まで運んだって」

「それでええんか？」

宗司には昨日迎えにきてもらったから、今日は圭司が行ってもかまわないのだが。

「ええよ、ええよ。財布の中身見たけど、そんなに入ってへんかったし。あんな大男がどうこうされることはないやろ」

「美紀ちゃん、いくら親子でも、財布の中身は見たらあかん」

「なに言うてんの。理由もなく覗いたんと違う。お勘定もらわなあかんかったんや。息子やからって、もらわんかったら、従業員に示しがつかへん」

相変わらず、しっかりしている。そう思うと、自然に笑みが漏れる。

「わかった。じゃあ、適当に時間見て、外に出てみるわ」

「そうしたってくれる？　頼むわ。じゃあね」

そう言うと、電話は切れた。圭司は、パジャマを脱いで、Tシャツとジーパンに着替えた。母親の店からの距離を考えて、ちょうどタクシーが到着しそうな時間に、寮の前に出た。

三分ほど待ったころに、一台のタクシーが停まった。中を覗くと、後部座席に宗司が乗っていた。

彼を引っ張り出す前に、運転手にタクシー代を払おうとすると、運転手は笑って、手を振った。

「もう、お店の方でいただいていますんで」

シビアなことを言っても、やはり母親だな、と考える。もしかすると、宗司の財布から抜き取った金かもしれないが。

後部ドアを開けて、宗司をぶんぶんと揺さぶる。彼は、薄く目を開けて、うー、と唸った。

「起きろ。もう家やぞ」

「んー」

幸い、宗司はのそのそと立ちあがった。どうやら、この巨体を引きずっていく必要はなさそうだ。軽く支えながら、階段を上がり、部屋に入る。

玄関先で、倒れ込んだ、宗司の脇腹を、軽く蹴った。

「おい、このマザコン。母親の店に飲みに行くなよ」

宗司は、苦しそうに呻いて、薄目を開けた。

「ええやないか。どうせ、金を落とすなら、美紀ちゃんところに落としたったらええねん」

「美紀ちゃん、まけてもくれへんもんなあ」

動かない宗司を、無理矢理、彼の部屋まで運ぼうとして、途中で力つきた。台所の床の上で横たわる宗司に、とりあえず布団だけ掛ける。

冷たい床だというのに、宗司は気にした様子もなく寝る態勢に入っている。

その顔を覗き込んで、言った。

「なあ、もしかして、意外にショック受けてる？」

黒岩さんのこと、と、小さな声で続ける。宗司は、いきなりがばっと飛びおきた。

「当たり前じゃ。失恋やぞ、失恋！」

「だって、おまえ、三分くらいしか喋ってへんやんけ」

「十秒でも、恋に落ちるときは落ちるんじゃ！」

「そういうもんかなあ。おまえほど、惚れっぽくないからわからんわ」

「もうええ、寝る。お休み」

宗司は、またその場に横になった。布団を頭から被る。

「おまえ、起きたんやったら、自分の部屋行けや」

そう言って、二、三度揺さぶったが、返事はない。見れば、もうしっかり、寝息をたてている。

圭司は、あっけにとられて、宗司を見下ろした。

「まったく、繊細なんか、図太いのかわからんわ」


またもや、電話の音で目覚めた。

さっきは、自宅の電話だったが、今度は携帯だ。スーツのポケットを探りながら、時計に目をやると、まだ午前五時。寝たのは二時近かったのに、ついていない。

「はい」

寝起きの、不機嫌な声で電話に出ると、黒岩の声が響いた。

「會川くん、今すぐ、署にきてくれる？　問題発生よ」

「へ？」

頭を振って、眠気を追いやり、携帯を持ち直す。

「なにかあったんですか？」

「それは署で話すわ。わたしもこれから向かうから」

それだけ言って、電話は切れた。

なにが起こったのかわからない。わかるのは、少なくとも、もうこれ以上寝ている場合ではないということだけだ。

顔をぱちぱち叩きながら、洗面所に向かう。冷水で何度か顔を洗うと、やっと眠気が引いてきた。

家をでるとき、ちらりと見ると、まだ宗司は台所の床で眠っていた。

署に着くまで、嫌な想像がぐるぐる頭をまわっていた。梓が見つかったのなら、問題発生などという言い方はしないだろう。そうではない、もっと大変なことが起こったのに違いない。

たとえば、梓が死体で発見されたとか。

不快な想像を、圭司はあわてて、振り払った。

署に到着して、刑事課に入る。強行犯係にいたのは、黒岩と、それと宿直の狭山と いう刑事のふたりだけだった。昨夜、ホスト殺害事件の犯人が逮捕できたので、ほとんどの刑事は、帰って休養を取っているようだ。

黒岩は圭司に気づくと、つかつかとこちらに向かって歩いてきた。

「やられたわ」

そう言って、机の上に投げ出したのは、今日発売の週刊誌だった。表紙には、扇情的な見出しが並んでいた。

政党の内紛問題や、芸能人のスキャンダルの下、小さく記されていた文字に目が吸い寄せられる。

「大阪の会社員殺し、行方不明の妻が、最後に書いた童話」

あわてて、手にとって、目的のページを探す。

黒岩は椅子を引いて座った。圭司が読み終わるまで待つつもりらしい。

そこに書かれていたのは、間違いなく、小早川卓雄と梓のことだった。冒頭に書かれていたのは、夫が大阪市内のホテルで殺害され、一緒にいたと思われる妻は行方不明であるという、新聞にも掲載されているだけの情報だ。だが、問題はそれから先だった。

梓が、汐見児童文学大賞に応募した童話を、この週刊誌は入手したらしい。短い話だったらしく、ほぼ全文がそこに掲載されていた。

圭司は息を呑んで、その童話を読み始めた。

それは、童話というのには、あまりに陰惨な話だった。お伽噺(ときばなし)というのは、多かれ少なかれ、残酷な部分を持っているものだが、それにしても、その話は異様だった。

舞台は、どこかわからない、異国の村。ルカという少女が、神の生け贄として、だれも入らない山へ連れて行かれる。そこで、少女は狼に出会う。神の生け贄になるためには、死ななければならない。狼は、そう告げて、少女を食い殺す。

だが、少女は、過去に犯したわずかな罪のために、神に拒まれ、現世へ突き返される。死んでいるのに、生きている。彼女は、そういう異様な存在になり、狼と一緒に暮らしはじめる。

死と生の中間にいる少女は、痛覚もあり、空腹も感じるが、どんなことをしても死ぬことはない。狼は、その少女をいたわりながら、空腹を感じると、少女を食い殺す。食い殺されても少女は、朝になれば、もとの身体に戻っている。

そんな関係が続いたある日、少女は狼を殺し、姿を消す。

いかにも童話らしい文体で書かれていたのは、そういう話だった。

童話の後、汐見出版の編集者の談話が掲載されていた。

「おもしろく、魅力を感じる部分もありましたが、とても子供向けとは思えなかったので、落選としました」

そりゃあ、そうだろう、と圭司はのんきに考えた。こんなものを子供時代に読まされたら、疳の虫を起こしてしまいそうだ。

問題は、その後だった。テレビなどで、よくコメンテーターをしている心理学者が、記者の取材に答えて、このような見解を告げていた。

「少女と狼の姿は、ドメスティックバイオレンスを受ける妻と、加害者である夫の姿に酷似しています。暴力を振るわないとき、加害者である夫は非常に優しく、愛情深いことが多いのです。また、自分が振るう暴力に、加害者自身も傷ついていることも、ドメスティックバイオレンスを思わせます。この小説の作者も、同じような状況にあったのではないでしょうか」

そうして、記者は記事をこう締めくくっている。

「なによりも、このラストシーンは、実際の事件とだぶってはこないだろうか。もしかすると、この夫婦の間にあったのも、童話のような異様な共依存関係だったのかもしれない」

童話のリークだけならば、週刊誌の記事として、問題はない。だが、この記事は、警察でさえ、まだ重要参考人としか発表していない梓を、犯人だと決めつけ、そうして、証拠もないのに、被害者である卓雄をドメスティックバイオレンスの加害者だと決めつけている。遺族がこの記事を目にしたら、ショックを受けるだろう。梓の写真も、目隠しもなしで掲載されている。

顔を上げると、圭司の反応を待っていたらしい黒岩と、目があった。

「これ、まずいんじゃないですか？」

「まずいわね」

数日前、黒岩は梓の応募した童話のことを気にしていた。あのときに、汐見出版に連絡していれば、この記事のことも事前に知ることができたかもしれない。汐見出版の編集もコメントを寄せているからには、取材があったのだろう。

それにしても、どのルートから、この童話のことが週刊誌に伝わったのだろう。疑問を口に出すと、黒岩はため息をついた。

「さあ、いくらでもルートはあるわ。まさか出版社が週刊誌に持ち込んだということはないだろうけど、下読みの仕事をしている人だっているし、もしかすると、梓の知人で、彼女が、賞に応募したことを知っていた人がいるかもしれない。ともかく、まずいわ」

苛立ったような仕草で、きっちり留めていた第一ボタンを外しながら、黒岩は言った。

「なにより、まずいのはね。この記事が、真実の一部を伝えているということよ」

黒岩が言ったことばに、圭司は戸惑った。

「どういうことなんですか？」

「昨日、卓雄の前妻と会ってきて、本当のことを聞いたわ。小早川卓雄が前の妻と離婚した理由は、夫婦間の暴力、つまり、ＤＶだったのよ」

しばらく、黒岩が言ったことが信じられなかった。そんなことが本当にあるのだろうか。

夫に精神的な虐待を受け、そこから逃げた女が、また別の暴力を振るう夫と結婚してしまうということが。

「誤解しないで。まだ卓雄が梓に暴力を振るったという証拠はなにひとつないわ。梓の同僚も、彼女に暴力の痕跡などはなかったと証言しているし、ふたりの隣に住んでいた老夫婦も、夫婦喧嘩の音など聞いたことはないと言っていた。もちろん、最近のマンションは隣の音が響きにくいから、可能性はゼロではないけど」

「梓は、卓雄の前の離婚が、そういう理由だったと知っていたんですか？」

黒岩は首を横に振った。

「わからないわ。でも、卓雄と、安西——梓の前夫とは決定的な違いがあるの。卓雄は、暴力を振るってしまう自分を変えたいと思っていた。離婚した妻に、心底、申し訳ないと思っていた。彼女自身がそう言うのだから間違いはないと思うわ。だから、卓雄はＤＶの加害者サポートの会に通っていた。離婚して一年ほどは、前妻と卓雄は、頻繁に文通をしていたそうよ。もう、夫婦としては元に戻れないけど、卓雄が自分の弱さを認めて、自分を変えようとしていることは、彼女にも理解できた。結局、彼女に新しい恋人ができたことで、つき合いは完全に途絶えたけど、卓雄の前妻は、彼のことを、もうそんなに恨んではいないと言っていたわ」

だとすれば、梓も、知っていて卓雄と結婚した可能性もある。立ち直ろうとしている人だから、同じ轍は踏まないと信じて、一緒になったのかもしれない。

だが、アルコール依存症患者の一部が断酒に失敗するように、破滅への道だと知っていて、ギャンブルをどうしてもやめられない人がいるように、彼も失敗したのかもしれない。

「會川くん、昨日の成果はどうだった？」

そういえば、昨日はごたごたしていて、結局、黒岩と会えなかった。圭司は、梓が通っていた、サバイバーの自助グループのことを話した。

「それじゃ、これからその人に連絡を取りましょう」

そう言ってから、黒岩は時計に目をやった。

「少し早いわね」

たしかに、まだ六時になったばかりだ。せめて、八時くらいまでは待った方がいいだろう。圭司と黒岩は、自販機でコーヒーを買って、強行犯係の隅にあるソファに腰を下ろした。

「まったく、また係長に絞られそうだわ」

黒岩は忌々しげに、膝を組みながら、そう言った。

「仕方ないですよ。ふたりでやっているんだから」

しかも、ひとりは、刑事課に配属されたばかりののど新人ときている。

「そんなふうに、思ってくれるわけないわよ。あの土偶顔(どぐうがお)がさ」

思わず、噴き出した。そう言われてみれば、たしかに似ている。

「でも、マスコミにこんなふうに扱われると、府警の方も首を突っ込んでくるかもしれないし、そうなると、係長の機嫌はよけいに悪くなるし」

メンソールの煙草に火をつけると、彼女はため息をつくように煙を吐いた。

「ま、なるようにしかならないけどね」

大島里子（おおしまさとこ）に連絡がついたのは、九時をまわってからだった。

彼女は、DVサバイバーの自助グループ、「コスモスの会」代表というだけではなく、児童虐待などのケースワーカーでもある。忙しい人だという話だったから、すぐに会えるかどうか不安だったのだが、用件を告げると、自分から署に出向いてくれると言った。

一時間後、彼女はやってきた。年齢は、四十代後半だが、栗色に染められた髪も、白いスーツもあか抜けていて、目を引く。その職業どおり、知的な印象を与える女性だった。

用件が用件だけに、暗い表情で、彼女は、黒岩と圭司に、名刺を渡した。

「本当は、こちらからご連絡すべきだったのかもしれません」

いきなり、大島はそう言った。

「そうおっしゃるからには、事件のことは、もうお気づきだったのですね」

彼女は静かに頷いた。

「新聞で、事件について読んだとき、血の気が引きました。正直、責任を感じています」

黒岩と圭司は、顔を見合わせた。黒岩が戸惑ったように尋ねる。

「責任……とは？」

「わたしの目が届かなかったことが、そもそものきっかけを作ってしまったように思うのです」

大島は、ゆっくりと話し始めた。

「梓さんは、わたしが代表をしている自助グループに通っていました。彼女は、実際に肉体的な暴力は受けていませんでしたが、心が混乱しているのは、暴力を受けた女性たちと同じでした。グループでは、互いの体験を話し合ったり、ゲームをしたりして、暴力によって崩壊させられた自尊心を、じっくり回復させていくというプログラムをしています。はじめて会ったとき、梓さんは、頭のいい方だと思いました。どういう結論を導こうとして、ゲームや討論をしているのかを、いつもいちばん早く見つけだして、出しゃばるわけではないけれども、たしかに、その方向へ引っ張っていく。そういう女性でした。一緒にやっているケースワーカーやカウンセラーの中には、梓さんの回復が早い、と判断された方は多かったのですが、わたしは少し迷っていました。彼女は、頭の良さゆえに、うまく求められた答えを導き出してしまうだけで、心の底では、まだ治っていないのでは、と思ったのです。こんなことを、今ごろ言うのはずるいかもしれませんが」

大島のしゃべり方は、感情を滲ませないところが黒岩に似ている。だが、黒岩よりもゆっくりで静かなのは、人の苦しみを聞いて、受け止める職業ゆえかもしれない。

彼女は一度、顔を上げて、黒岩と圭司の目を見た。それで、話が核心に入るのだとわかった。

「梓さんがいた時期、うちでボランティアをしてくれていた女性がいました。栗本さんという人です。彼女は、同時に、DV加害者サポートのボランティアもしていました。その加害者サポートの会で、数人の男性が、DV被害者だった女性と話すことで、過去の自分を見つめ直したい、と言い出したらしいのです」

黒岩の顔が、はっと強ばった。

「それを聞いたとき、わたしはとんでもない話だと思いました。だって、そうでしょう。加害者側が、そうしたいと望むのはわかります。けれども、被害者側にとっては、なんの益もない、ただつらいだけの時間です。被害者は、直接自分に暴力を振るったわけでもないもと加害者を責めたり、感情をぶつけたりはできません。加害者だった人が、自分もつらかったこと、今では悪いと思っていることを話すのを、ただ聞いて、それを受け入れることしかできないのです。加害者にとっては、本当の被害者のかわりに、似た立場の人に、自分の苦しさを話して、許してもらえたような気分になれる、心地よいプログラムでしょう。けれども、許しを強要される立場にしてみれば、たまりません」

大島は苦しげに息を吐いた。

「多くのDV被害者は、常に自分を責め続けています。夫が暴力に走ってしまったのは、自分のせいかもしれない。自分さえ、ちゃんとやっていれば、夫はあんなことはしなかったのかもしれない。そう思い続けているのです。そんなプログラムを行えば、混乱して、夫の元に戻ってしまう女性すら出てしまうかもしれません」

大島は、だから、強固に反対した。だが、その栗本という女性は、加害者サポートを手伝うことで、かなり加害者側に同情してしまっていたのだという。

「栗本さんは、梓さんをはじめ、三人の女性を、食事に誘うようなふりをして、街に連れ出しました。そうして、偶然を装って、もと加害者だった三人の男と会わせたのです」

黒岩は目を細めた。

「そのひとりが、小早川卓雄さんだったんですね」

大島は頷いた。

「栗本さんも悪気があってしたことではなく、加害者側の男性も、プログラムが進んでいて、同じことを繰り返す可能性が低いと思われる人だけを、選んでいたようです。ですから、会談自体は、それほど苦痛を伴うこともなかった、と、連れて行かれた女性が言っていました。ですが、大きな問題が起こりました。小早川さんが、梓さんを好きになってしまったのです」

さすがに連絡先を教えたりはしなかったが、小早川卓雄は、梓との会話で知った情報から、彼女のバイト先を探し当てた。そうして、梓に接近したという。

「小早川さんには、何度かお会いしました。話題が豊富で、魅力的な男性だと思いました。けれども、これは不思議なことではありません。DV加害者の男性が、一目でそうわかるほど、粗暴で感じが悪いわけではないのです。ほとんどの男性は、被害者である妻以外には優しく、普通です。知的な人も、明るい人も、気の弱そうな人だっています」

実際、梓の前夫の安西も、人当たりの良さそうな男性だった。暴力的な印象などまったくなかった。

「梓さんとも、話をしました。彼女は、小早川さんのアプローチに、戸惑っていました。ですが、小早川さんは、積極的でしたが、押しつけがましいわけでも、度を越していたわけでもなかったそうです。それと、前の奥さんとのことも正直に話してくれたし、本当に反省して、同じことを繰り返したくないと、心底思っていた。だから、梓さんの気持ちは揺らいでいた。わたしは、絶対にやめた方がいい、と言いましたが」

「どうしてですか？」

「正直、ＤＶの加害者が更生する確率は、かなり低いのです。彼らは暴力で他人を支配するという、甘い蜜の味を知ってしまった人間です。そこから抜け出るのは、容易なことではありません」

だが、結局梓は、小早川とつき合いはじめた。同時に、彼らは、どちらのグループにもこなくなってしまったのだという。

「結婚したという話を聞いたとき、祈るように思いました。もう二度と、同じことを繰り返さないでほしい、と。ただ、希望は梓さんが、妻は夫の所有物ではなく、どんな理由であれ、殴られれば、夫を訴えることができると知っていることでした。彼女が、なにも知らない多くの女性のように、泣き寝入りすることはないと思いましたから」

だが、結局、起こったのは、彼女が予想したような、夫の暴力、そして離婚ではなかった。夫はだれかに殺され、妻は行方不明に。妻が殺した可能性も高い。

彼らが結婚してからの六ヶ月間に、なにが起こったのだろう。

「もし、梓さんが暴力を振るわれていたとして、それが原因で、小早川さんを殺してしまうという可能性はありませんか？」

黒岩の口から、そんなにはっきりと、梓を犯人だと仮定することばがでたのは、はじめてかもしれない。ケースワーカーである大島には、気遣う必要などないと判断したのだろう。

大島は、考えるまでもなく首を横に振った。

「わたしには、そんなことはあるとは思えません。梓さんは、逃げる場所があると知っていた人です。逃げることができるのに、そんなことをするでしょうか」

「絶望したのかもしれません」

黒岩のことばに、圭司ははっとした。二度まで、愛した男から受けた虐待。それが彼女から、逃げてやりなおす気力さえも奪ってしまったのかもしれない。

黒岩は、先ほどの週刊誌を取り出した。

「読んでいただけますか？　梓さんが書いた童話です」

大島は、胸ポケットから眼鏡を出し、その週刊誌を読み始めた。急に部屋は静寂に覆われ、圭司は気分が重苦しくなるのを感じた。

読み終わると、彼女は雑誌を閉じた。

「ごめんなさい。わたしはこういう暗喩のような表現の仕方は理解できないんです。梓さんが、なにを思ってこれを書いたのかはわかりません。でも……」

「でも？」

大島はもう一度雑誌を開いて、また閉じた。

「ここに書かれている狼が、ＤＶの加害者の暗喩というのには異議があります。狼は生き物を殺さなければ生きられない。でも、彼らは暴力がなければ生きられないわけではありません。暴力が必要なら、自分の上司や友人や、道端ですれ違った人だって殴るでしょう。彼らはそんなことは、絶対にしない。彼らが殴るのは、自分の妻や恋人、ときに子供。彼らは選んで、自分より弱い者だけを殴るのです。ＤＶの加害者も、また社会の被害者であるという考え方をする人もいます。けれども、わたしはそう思わない。彼らは病人ではなく、犯罪者です」

彼女はきっぱりとそう言った。その声には強い決意のようなものが滲んでいた。

この人は、その意志に人生を捧げた人なのだ、と圭司は改めて気づいた。最近では薄れてきたとはいえ、まだ、妻が悪ければ、夫が殴ってでも教育すべきだ、という考え方を持つ人だって少なくない中、怯え、迷う被害者たちを、救ってきた人なのだ。

黒岩は黙って、彼女の目を見つめていた。

午後からは、卓雄が通っていた、加害者サポートの会の代表に話を聞くことになった。大島が連絡先を教えてくれたのだ。

サポートの会のある神戸に向かう車中、黒岩はあまり口をきかなかった。

「卓雄と梓は、DVの被害者と加害者として出会ったんですね」

沈黙に耐えかねて、圭司がふった話題に、彼女は頷いた。

「まあ、友達の紹介、というのも嘘ではなかったけどね」

なぜ、梓と卓雄のなれそめを知る人が少なかったのかも、わかった。決して、自分から話題にしたいと思うような状況ではない。最初、卓雄は両親にも詳細を話さなかったのだろう。だから、卓雄の両親は梓のことを、「どこで出会ったのかわからないような女」と怪しんだのだ。

たぶん今は、卓雄の両親もふたりが出会ったきっかけを知っているはずだ。わからないままなら、正直にわからないと言うだろう。卓雄にとって、不名誉な、そうして、梓に同情が集まりそうな出会い方だったから、彼らは嘘をついたのだろう。

黒岩はそれっきり、また黙ってしまった。彼女はなにを考えているのだろう。口を引き締めて、運転に専念する彼女の横顔を、圭司はぼんやり眺めた。

大きなビルの間に押し込めるように建てられた、縦長の建物。その一室に、サポートの会の事務室はあった。

「こんにちは、大島さんから話は聞きました」

澤田と名乗る男性が、笑顔でドアを開けた。目に眩しいほど白いシャツを着た、小柄な男性だった。フリーライターだが、DVの加害者たちの再教育に力を入れている、と、大島は言っていた。

部屋は狭く、机がふたつあるだけだった。パイプ椅子を出してきて、澤田は、圭司たちに勧めた。

「ここでは、主に電話相談を受けているんです。集会などをやるときには、別の会議室を借りています」

狭さの言い訳をするように、彼は笑ってそう言った。だが、すぐに表情は硬くなる。圭司たちがこちらにきた理由を思い出したのだろう。

「小早川さんのことを覚えていらっしゃいますか?」

黒岩の質問に、彼は頷いた。

「もちろん、覚えていますよ。今まで、サポートの会には、たくさんの人がいらっしゃいましたが、ほとんどの人のことは忘れません。むしろ、忘れられないと言った方が正しいかもしれません」

真綿でくるんだ優しい会話ではなく、本音を、しかもだれにも聞かせたくないと思うような部分を、話し合うのだろう。しかも加害者であれば、なおさらだ。

「小早川さんが、サバイバーの自助グループの女性と結婚すると聞いたときには、非常に驚きました。そうして、そのあと大島さんから、ぼくまでも責められましたよ。被害者の女性たちと会わせるというのは、ぼくが企画したことではありませんでしたが、ぼくは、比較的、スタッフやメンバーの自主性にまかせて、グループワークを行ってきましたから」

そのころのことを思い出したのか、澤田はふうっとため息をついた。

「その女性の書いた童話、先ほど週刊誌で読みました」

見れば、机の上に、例の週刊誌が置いてある。コンビニかどこかで買ったのだろう。

「大島さんは、この童話に反発したんじゃないですか?」

黒岩は頷いた。

「ええ、狼は生き物を食べないと生きられないけど、ＤＶ加害者は人を殴らなくても生きていける、と言っていました」

「そうでしょう。彼女の言いそうなことです。ぼくなどは、しょっちゅう、加害者に対して甘すぎると、言われ続けていますよ」

男性であり、加害者側のサポートをする澤田と、女性で被害者側に立つ大島とは、やはり意見の対立もあるのだろう。

「まあ、大島さんにすれば、そう言うしかないのはわかります。もともと、社会はＤＶ加害者に限りなく甘く、被害者に厳しく接してきました。ＤＶというのも社会病理のひとつ、加害者も傷ついている、ということを声高に言いすぎると、被害者の保護に差し障ることもありますから」

彼はそこで一度、話を区切った。

「でも、刑事さん。わたしは、ＤＶというのは女性の問題ではなく、男性の問題だと思っているのです。殴られる女がいるのではなく、殴る男がいるのです」

黒岩は、少し眉を動かした。彼は話を続けた。

「そうして、その殴る男に、『おまえのやっていることは悪いことだから、改心しろ』

とだけ言っても、なにも変わらない。世の中には、『男は少しくらい乱暴な方がいい。聞き分けのない女など、殴って言うことを聞かせればいいんだ』という人もたくさんいるんです。人間は、自分の心地よい意見の方を聞きたがるものです」

だから、自分は、男たちに尋ねる。どうして殴るのか、殴らなくてはならないのか。そうして、一緒に、暴力をふるわなくてもいい方法を模索するのだ。澤田はそう語った。

「失礼。小早川さんの話でしたね」

澤田は、一区切りつけるように、座り直した。

「DV加害者にはありがちなことですが、小早川さんも幼いときの家庭環境に問題があったと、わたしは思います」

小早川卓雄の父親は、厳しい人だったという。喧嘩に負けて帰ってくると、「やり返して、勝つまで帰ってくるな」と家を追い出された。泣くと、「男が泣くものじゃない」と頰を打たれた。

しかし、一方で父親は長男である卓雄を、とても可愛がったらしい。家族の中の順位は、明確にされていた。いちばん上が父、その次が長男の卓雄。母と妹はその下。些細なことだが、前の日の残ったご飯は必ず、母と妹の茶碗に盛られ、父と卓雄の茶碗には、その日炊かれた新しいご飯が盛られた。風呂の順番も、父と卓雄が先だったという。

「今どき珍しいですね」

思わず、苦笑した圭司に、黒岩が言った。

「それでも、『なんて素晴らしい、今どきいなくなった、父親らしい父親だ！』なんて言う人もいるでしょうね」

澤田は話を続けた。

「しかも、小早川さんの父親は、気に入らないことがあると、母親に手を挙げていたそうです。母親が殴られるたび、怖くて、悔しくて、大人になっても、絶対に父のようになるまいとそう思った。小早川さんはそう話していました」

だが、その絶対なりたくないと思った父親と同じことを、彼もしてしまうのだ。

最初の結婚は、二十四歳のとき、相手は大学の後輩だったという。

彼女のことは、とても好きだった。結婚できてうれしかった。これから幸福な家庭を築くつもりだった、と卓雄は語ったという。

だのに、最初に暴力をふるってしまったのは、結婚して、わずか四ヶ月のときだった。最初のきっかけは、卓雄もはっきり覚えていないと言っていた。ただ、なにかで、夫婦の言うことが食い違った。どちらが正しいのか、で口論になって、そうしてお互い一歩も譲らなかった。

次の日、仕事から帰ったら、妻がそれに関する本を持ってきて、卓雄に見せた。妻が言っていたことの方が正しかった。そうして、彼女は誇らしそうに言った。

「ほら、ごらんなさい」と。

そのとき、卓雄の中で、なにか糸が切れたのだという。

単に自分が間違って覚えていて、妻はそれを指摘しただけなのに、そのとき、卓雄には、妻が自分に恥をかかせようとして、わざわざ本まで買ってきた、と思えたのだという。

気がつけば、彼女の髪をつかんで、引きずり回していたという。おれが稼いだ金で、しょうもない本を買って、そう叫んだ記憶もあった。何度も顔をはり倒した。

気がつけば、顔を真っ赤に腫(は)らせた彼女が、怯えきった表情で、卓雄を見ていた。

もちろん、いつも暴力をふるっていたわけではない。

多くて月に一度、それ以外のときは妻にできる限り優しくしていた。彼女の欲しいものならなんでも買った。むしろ、機嫌を損ねないように、常に気を使い続けていた、と卓雄は言っていた。

しかし、なにかの拍子で、頭の糸が切れてしまう。そうなると、自分でも抑えがきかなかった。こんなことをしてはいけない、そう思いながら、何度も妻を殴った。肋骨にひびが入るほどのけがをさせてしまったこともあった。

そんな日々は長くは続かない。一年半後、妻から離婚してくれと言われたとき、「ああ、くるべきときがきた」と卓雄は思ったのだという。

「離婚が決まってから、小早川さんと奥さんとの協議は順調に終わったそうです。小早川さんが全面的に自分が悪いことを認め、慰謝料にも誠意を見せました。そうして、だれに言われたわけでもなく、自分から、この加害者サポートの会に足を運ばれたのです」

卓雄は、澤田に言ったという。

殴りながら、いつも、「だれか止めてくれ」「だれかなんとかしてくれ」と思い続けていた。自分が吐き気がするほど嫌いで、生きていることすらつらくてたまらなかった。もう、二度と、あんなことは繰り返したくないのだ、と。

「小早川さんは、グループワークに参加したり、同じくＤＶの加害者だった人たちと話し合って、気づきました。自分の中に、『妻は夫を敬うべき』という固定概念があったということを。そうして、自分ではそんなことはない、と信じていたけれど、妻のことは、自分よりも下の存在だと考えていたことも」

澤田はそう言って、一度口を閉ざした。

こうやって聞いた限り、小早川は、最悪の人間ではないように圭司には思えた。いや、もちろん、暴力は許されないことだ。だが、真摯に自分を変えようとしているように考えられるのだ。

そういえば、黒岩から、小早川の前妻が同じように言っていたと、聞いたこともある。

黒岩は少し身を乗り出した。

「澤田さんはどうお考えですか？　小早川さんは非常に反省していらっしゃったようですが、決して同じことを繰り返さないと思いますか」

澤田はかすかに口元を歪めた。

「もし、これが未来のことでしたら、『彼はもう過ちを繰り返さないでしょう』と言うでしょう。そう信じたいという気持ちもあるからです。でも、本音を言うと、わからないのです。この人なら、絶対に同じ過ちはしない。そう思った人が、再び暴力をふるい、妻を死に追いやったこともありますから」

さらりと言われたことばだったが、その重さに圭司は絶句した。

黒岩は、目の前に投げ出された週刊誌を手に取った。

「最後にひとつ、質問させてください。この童話の狼の姿は、小早川さんに似ていると思いますか」

澤田はきっぱりと言った。

「似ています」


「だから、さっさと小早川梓を捜せと言ったじゃないか！　それをぐずぐずしているから、こんなことになるんだ！」

鳥居係長が、顔を真っ赤にして怒っていた。たしかにその顔は、黒岩が言うとおり、土偶にそっくりだ。

「梓を捜すために、情報収集していたんです」

「動機が見つからないと言って、指名手配を遅らせたのは、いったいだれだ」

「わたしです。でも、動機が見つからなかったのは事実です」

黒岩はしれっとした顔で答えた。せめても、申し訳ない顔でもすれば、お説教は早く終わるのではないだろうか。圭司は冷や冷やしながら、自分の席でそれを見ていた。

「動機が、ここにあるじゃないか。そんなことは梓を引っ張って聞けば、すぐにわかったんだ」

「この週刊誌の記事が、真実である証拠はありません。梓が卓雄から暴力を受けていたという事実は、まだ見つかっていませんから」

「だが、卓雄はそういう男だったんだろう」

「それだけで、決めつけられません」

聞いている方が胃が痛くなってきそうだ。どうも自分には、刑事には不可欠であろうタフさが足りない気がする。宗司から少しわけてもらった方がいいかもしれない。のんきも一緒に移されても困るが。

ふいに、影が差してふり返った。城島だった。

「會川、ちょっとこっち」

「はいっ!」

促されて、廊下に出る。係長の声は、廊下まで響いていた。

城島は缶コーヒーを圭司に渡した。

「ほら」

「あ、ありがとうございます」

自分もプルトップを引きながら、ふいに城島が言った。

「なあ、會川。おれたちの仕事は、他人の運命を大きく変えてしまうもんやろう」

「はい」

「だからな、絶対に、自分が納得できないことはするな」

「え？」

城島がなにを言おうとしているのかわからず、圭司は目を見開いた。

「自分が納得できないことをして、他人の運命を変えてしまったら、それは持てない重荷になる。押しつぶされてしまうんや。自分が納得できることをやっての結果なら、いくら重たい荷物でも、なんとか持てるんや。それを忘れるな」

圭司は、ぼんやりとそのことばを聞いた。言った後、少し照れたのか、城島は困ったように笑った。

「まあ、おれが黒岩でも、同じことをやったやろうな、ということや」

なぜか、肩の荷が下りたような気がした。圭司も笑った。

「それ、黒岩さんに言ってあげた方がいいんじゃないですか？」

「なんでや。あいつはそんなことわかってるやろ。黒岩が叱られてて、落ち込んでいるのはおまえやろう」

そう言われて驚いた。自分は黒岩が叱られていることに、落ち込んでいたのだろうか。

いつのまにか、係長の声は止んでいた。もう疲れたらしい。

「まあ、そういうことや。おれはまだ取り調べがあるから無理やけど、明日から、他の人間も捜査に加わるから、少し肩の力を抜いていろ」

「はい！」

また、やたらいい返事をしてしまう。城島は圭司の肩を叩くと、中に入っていった。

いつか自分が、ベテラン刑事になることができたら、後輩に同じことを伝えられるだろうか。

そんなことを考えながら、圭司も席に戻った。

寮に帰ると、宗司は缶ビールを飲んで、ひっくり返って寝ていた。

その、のんき面が気に障り、圭司は腹を軽く踏んでやった。ぎゃっ、と声をあげて、飛びおきた兄に言う。

「おまえ、寝るなら、きちんと寝ろよ。空き缶片づけて」

「なんやねん、うるさいなあ」

それでも、のそのそと起きあがり、空き缶を台所まで持っていく。

「おまえんとこの、交番、今日はどんな感じやった」

「まあ、普通やな。落とし物と迷子と、自転車泥棒があった」

「平和そうでええなあ」

空き缶を洗って踏みつぶすと、宗司はこっちを向いた。

「自転車泥棒をバカにしたらあかんぞ。そういうところを、きちんと取り締まってこそ、みんなが安心して暮らせる平和な街や」

それは正論なのだが、今聞くと、なんだか腹立たしい。

「おれなんか、今日、週刊誌に事件がリークされて、えらい目にあったのに」

「へ？　週刊誌の記事になるほど、大きな事件やったんか？」

「そうやないけど、運が悪かったんや」

梓が童話を書いていなかったら、または賞になど応募していなかったら、こんなこともなかっただろう。汐見出版に確認したところ、どうやらバイトの学生が勝手に持ち出して、週刊誌に持ち込んだらしい。

例の週刊誌を、宗司に渡した。宗司はしっかりグラビアの水着美女を見た後、記事を読み始めた。

時間がかかることはわかっていたので、圭司はパジャマに着替えることにした。着替えて、顔を洗い、たっぷり三分歯を磨いたところで、やっと宗司は読み終わったらしい。

「なあなあ、ケイ、これ……」

「なんや、読めない漢字でもあったか」

「いや、それは大丈夫やけど」

頼むから、冗談のつもりのことばに、本気で返事しないでほしい。シャレにならん、と圭司は小さく呟いて、宗司のところに戻った。

宗司は、記事のあるページを開いて、小早川梓の写真を指さしていた。

「写真がどうかしたんか」

「おれ、この女の人、見たことある」

「いつ？」

「三日前」

圭司は息を呑んだ。宗司の胸ぐらをつかんだ。

「どこで！」

「うちの交番のそばの、南公園。ほら、痴漢の名所の。あそこを夜、ひとりで歩いてたんや。ちょうど巡回中通りかかったから、『ここは危ないですから、大通りかお宅まで送りましょうか』って声かけたら、急に青ざめて、『結構です』って走って逃げた」

「なんやねん、それ、あからさまにあやしいやんけ！」

たとえ、梓の顔を知らないとしても、なにかおかしいと思うのが普通だろう。

「いや、おれのこと、警察官の変質者やと思ったんかなあ、と思ってさ」

圭司は、宗司の服から手を離すと、電話に飛びついた。

見間違いか、単に似ている人である可能性もあるが、宗司は目がいい。意外に人の顔をしっかり覚えて、忘れないことも、圭司は知っている。

間違いない。梓はまだ大阪にいる。

第六章

それでも、梓はすぐには見つからなかった。

最初、宗司が梓らしき女性を見た、南公園付近に絞り、ホテルやウィークリーマンションに聞き込みを開始した。

南公園から五分ほどのビジネスホテルが、梓を泊めていたことを証言した。十日以上の長期滞在だったが、三日前に急にチェックアウトして出ていったという。ちょうど、宗司が梓に声をかけた次の日だ。

そのとき、宗司がなにか勘づいてくれれば、すぐに見つけることができたのに。圭司は唇を嚙んで、そう思った。

だが、三日前まで確実に大阪にいた、というのは大きな手がかりだ。

大阪、もしくは兵庫県の大阪よりの地域の宿泊施設で、三日前にひとりでチェックインした三十代前後の女性がいないか、片っ端から電話で確認していった。

　もちろん、もう大阪から離れてしまった可能性はある。

　だが、捜査会議で、黒岩と他の刑事たちの意見が一致した。今まで大阪に滞在し続けたということは、梓には大阪を離れられない理由、もしくは離れたくない気持ちがあったのではないか、ということだ。

　よそ者だとすぐわかる地方に行くよりも、土地勘のある場所にいたいと思ったのかもしれない。大阪は中途半端な都会だから、身を隠す場所も多い。

　関西国際空港近辺のホテルで、梓らしき女性が泊まっているという情報を受けて、黒岩と圭司は、急いでそちらに向かった。

　車を運転しながら、ふいに黒岩が言った。

「ねえ、會川くん。梓が書いた童話、あれ、おかしいと思った？」

　なんだか、今さらすぎる質問だ。

「おかしいですよ。童話にしては残酷だし、なんか終わりも唐突だし」

「たしかに、唐突に終わっていたわよね」

　土曜の夕方のせいか、関空に向かう高速は渋滞している。苛立ったような口調で、彼女は続けた。

「智久……ほら、わたしの同居人だけど、あの人があれを読んで言ったの。これ、絶対におかしいって」

たしか、彼は小説家志望だと言っていた。

「どういうふうにですか?」

「最後の段落。あそこだけ、急いで雑に書いたか、それとも別の人間が書いたみたいだって」

「別の人間?」

そんなこと考えもしなかった。どうしてわかるのだろうか。

「まず、漢字。それまでは、漢字にすることばと、ひらがなにすることばは、かなり気を使って書かれていることがわかるけど、最終の段落だけ、今までひらがなで書かれていたようなことばも、漢字になっていることが多かったということ。最終段落だけでも、『からだ』と『身体』という違う表記が出てきたりして、統一されていないということ」

車の中に置きっぱなしになっていた、週刊誌を引っ張り出して、確かめる。たしかにそのとおりだった。

「あとは……、これはわたしには理解できないんだけど、ことばの選び方のセンスだって言っていた。それまで、この童話の中に出てくる食べ物は、芋やきのこや、魚。

果物ではなく、木の実ということばを使っていたり、どちらかというと、あまり豊かではない印象を与えようとしていたはずなのに、急に野いちごなんて食べ物が出てくるのは、ぴんとこないんですって。それに、この物語では、主人公の少女がルビーなんてものを知っているように思えないのに、彼女は野いちごのことを『ルビーのようでした』と形容している。そのあたりが変だって」

なるほど言われてみれば、そんな気もしてきた。

「締め切りが迫っているので、雑に書いた、というのも考えられるけど、それも変よね。あの話自体がそんなに長い話ではないんだもの。最後の、あの少しの部分だけを雑に、なんてことがあるのかしら」

「さあ……」

小説など書いたことがないから、よくわからない。

「彼は、この童話には、別の結末があるんじゃないかって言っている」

別の結末、もし、それが存在するのなら、いったいどんなものなのだろう。

黒岩は独り言のように呟いた。

「梓は、なにを考えながら、この話を書いたのかしら」

結局、関空のホテルにいたのは梓ではなかった。

落胆して署に戻る最中、黒岩の携帯が鳴った。帰りは、圭司が運転をしていたから、黒岩はすぐに電話をとった。

「はい、黒岩です」

いくつかの会話の後、彼女の声が急に緊張感を帯びた。電話を切ると、黒岩は圭司の方を向いた。

「急いで戻って。梓が見つかったらしいわ。今、署に連行している最中だそうよ」

「ええっ」

驚きのあまり、ハンドルを切り損ないそうになる。落ち着くために、深呼吸をした。

「どこにいたんですか」

「京都駅前のホテルだそうよ。なんでもタレコミがあったらしいわ」

息を呑んだ。新聞には写真が出るほど大きく扱われていなかったから、可能性があるのは、週刊誌で顔を見た人間か、それとももともと梓の知人だった者か。

それにしても、今まで、こんなに一所懸命、事件に取り組んできたのに、最終的にいちばん格好いいところは、他人に取られてしまうのか、と、少し落胆した。

圭司の気持ちを読んだのか、黒岩が言った。

「正直、被疑者を連行するなんて、最悪の気分よ。そんな役目がまわってこなくてよかったわ」

それが彼女の正直な気持ちなのか、負け惜しみなのか、圭司にはわからなかった。


渋滞がひどくて、署に戻るまで、二時間もかかった。

車を停めるのもそこそこに、階段を駆けあがり、強行犯係に飛び込む。

「遅くなりました。今、戻りました」

鳥居係長がまっすぐ、こっちに歩いてきた。

「ご苦労さん、小早川梓は取調室に入っている」

「どうですか？」

黒岩の質問に、係長は首を横に振った。

「連行した狭山と下嶋が、今取り調べしているけど、全然あかんらしい」

「どういう状況ですか」

係長は渋い顔で答えた。

「黙秘も黙秘、完全黙秘や。事件のことを喋らへんだけやなく、ひとことも口をきかへんらしい」

圭司と黒岩は顔を見合わせた。

「この事件はおまえらがいちばん詳しいから、あいつらが一段落したら、かわってくれるか」

「わかりました」

狭山と下嶋は、疲れたような顔で、刑事課に戻ってきた。

「参りましたよ。石と話しているみたいですよ。世間話から攻めようと思っても、頷きさえもしないんですよ」

狭山がそう黒岩に話している。黒岩は目で圭司を促した。

「じゃあ、行ってきます。會川くん、一応メモを取る準備をして」

言われたとおり、ノートとボールペンを手に、黒岩の後を追った。はじめての取り調べだと思うと、心臓が激しく脈打った。

「黙秘ということは、やはり梓がやったんでしょうか」

「わからないわ。でも、その可能性は高くなったでしょうね」

黒岩もわずかに緊張しているのか、表情がいつもより硬い。

はじめて入る取調室だった。考えていた以上に狭い。その真ん中の机に、梓が座っていた。写真でしか見ていなかった彼女を目の前にして、圭司は不思議な感慨を覚えた。

彼女は一瞬、黒岩と圭司を見たが、また視線を机の上に戻した。

表情のない、凍り付いたような顔だった。疲労がたまっているのか、唇が荒れていた。髪も、ひっつめるように後ろでまとめただけだった。

「梓さん、はじめまして。黒岩です。こちらが會川刑事。まだ十日ほど前に入ったばかりの新人なの」

黒岩は、梓の気持ちをほぐすためか、そんなことを言った。圭司は、ぺこりとお辞儀をして、隅の机に座った。

梓はちらりと、黒岩を見上げた。その目には少し迷ったような色が浮かんでいた。すぐに氷のような表情に戻ってしまったけれど。

黒岩は彼女の前に座った。低い声でゆっくりと話す。

「ノースオオサカホテルで、小早川卓雄さんが殺されたのは知っていますね。現場にあなたの指紋もあった。どういう状況でそんなことになったのか、あなたの知っていることを教えてください」

だが、彼女はなにも言わない。今度は視線すら動かさなかった。

しばらく待ってから、黒岩はまた口を開いた。

「あなたが殺したの？」

今度は直球だった。梓はやはり、反応しなかった。黒岩の声すら届いていないようだった。

「黙秘は、権利として認められていることだから、あなたが望むようにすればいいけれども、今、あなたが黙ったままでいると、現場の状況から、あなたを被疑者として逮捕しなければならないの。それでもいいの？」

梓はやはりなにも言わない。黒岩の表情に苛立ちが見えた。

黒岩は、仲間に対しては怒りっぽいが、事件関係者に対しては我慢強い。だが、さすがにこの梓の態度には、動揺しているようだ。

それから、黒岩は、数々の質問をした。

どうして、隠れていたのか、からはじまって、彼女の過去のことや、卓雄は梓に暴力をふるったのか、あの童話にはどんな意味がこめられているのか。

質問を浴びせるのではなく、ひとつ質問をして、ゆっくりと答えを待つ。だが、どの質問にも梓は答えなかった。

二時間を過ぎたあたりで、黒岩が立ちあがった。

「じゃあ、これで最後。浅野弁護士を覚えていますか？」

彼女の目が少しだけ揺れたような気がした。返事がないのは同じだったが。

「浅野弁護士は、あなたに必要があるのならいつでも呼んでくださいと言っていました。彼を呼びますか」

その質問にも、梓は答えなかった。


取調室を出た後、さすがに疲れたのか、黒岩は深いため息をついた。

結局、圭司のメモにはなにも記されていない。予想もしなかったことだった。

少し腹立たしくなって、圭司は言った。

「黒岩さんが、どんなに苦労して、重要参考人のままに止めたのか、教えてやればよかったのに」

強行犯係のほとんどの意見は、梓は黒、被疑者として、指名手配するべき、だった。黒岩がそれを押しとどめてきたのだ。

「それは関係ないわ。わたしは彼女の味方じゃないもの」

「え？」

「彼女の味方をしていたわけじゃない。本当に彼女がやったのかわからなかったから、そう言っていただけ。彼女がやったのだとはっきり確信できれば、彼女が必死で弁明しても、それを叩きつぶすわ。嘘なんて、飽きるほど見てきているもの」

前に立って歩きながら、彼女の行動は理解できない。彼女は吐き捨てるようにそう言った。

「けれども、彼女の行動は理解できない。あれじゃ、まるで逮捕してくれと言っているようなものだわ」

「本当のことは、全部自分に不利になることだから、嘘をつくよりも黙っている方がいいと思ったんじゃないですか？」

「そうかもしれないけど……」

強行犯係に戻ると、捜査員がみんな待ちくたびれたような顔で、こちらを見た。

「すみません。駄目でした。完全黙秘です」

「黒岩でも駄目か」

ため息をついて、係長は椅子に座り直した。

「もう、こうなったら仕方がないだろう。逮捕状を取るぞ」

電話を取った係長に、黒岩は控えめな口調で答えた。

「現場の指紋だけでは、少し弱くはないですか？」

「だが、事件の後に姿を消して、取り調べには完全黙秘。これで充分だろう」

黒岩は少し首を傾げてから、頷いた。

「わかりました。逮捕状をお願いします」

あたりをほっとした空気がつつんだ。これで、この事件も一段落だ。

自分の席に戻った黒岩が、ふと、思い出したように言った。

「係長、梓の弁護士を呼んでもいいですか」

「なに、被疑者が呼べと言ったのか？」

黒岩はしれっとした顔で答えた。

「そうです」

圭司は驚いて、黒岩を凝視した。彼女はわざと、圭司の視線に気づかないふりをした。

逮捕状を見せると、梓は何度か瞬きをして、黒岩の顔を見た。

「小早川梓。殺人容疑で逮捕状が出ています」

感情のない声で、黒岩はそう言い、日時を告げた。

この時点で、小早川梓は重要参考人から、被疑者へと変わる。刑事課に入る前は、爽快で胸がすくような場面を思い描いていたのに、実際の逮捕の場面はまるで違った。

重苦しくて、胸が悪くなるようだ。

梓は、まるで肩の荷が下りたかのように、大きく息を吐いた。そうして小さいが、はっきりとした声で言った。

「わたしはやっていません」


「取り調べ、だれかにかわってもらえませんか。少し疲れが溜まっているので……」

刑事課に戻ると、黒岩はとんでもないことを言いだした。

たしかに今は、例のホスト殺人事件も勾留済みで、こちらは自供も済んだらしいから、待機状態の人間も多く、余裕はある。だが、あんなに、この事件に力を入れていた黒岩らしくないことばだった。

「そりゃ、ええけど。ほんまにええんか？」

係長も驚いた顔で、黒岩を見上げている。

「わがまま言ってすみません」

「いや、まあ、あの被疑者の様子やったら、勾留取り調べすることになるやろう」

「そのときは、わたしもやりますから。よろしくお願いします」

「會川くんはどうする」

いきなり、話を振られて、圭司は席から立ちあがった。

「どうするって、なんですか？」

「配属されてから、結局一日も休んでへんやろ。黒岩が明日休むって言っているけど、會川くんも休みとるか？」

係長のことばに、少し迷う。たしかに疲れていないわけではないが、どうしても休みたいと思うほどではない。黒岩がこっちを向いて言った。

「もし、それほど疲れてないのなら、取り調べに立ち会わせてもらったら？　いい勉強だし」

そのことばで決心がつく。

「わかりました。取り調べに立ち会います」

「じゃあ、取り調べ期間が終わった後に、休みを取るといい」

話が終わり、席に戻る黒岩を、圭司は不審に思いながら眺めた。圭司が捜査に加わる前から、彼女は休んでいなかったはずだから、疲れているのも不思議はない。

それでも、黒岩の行動が不自然な気がして、圭司は何度も彼女の方を盗み見た。


結局、取り調べ期間も、梓の供述は変わらなかった。

卓雄を殺したのか、という質問にだけ、「わたしはやっていません」と答える。だが、アリバイや、なぜ指紋が残っていたのかという質問に関しては、完全に黙秘を続けた。

以前、梓の離婚調停を担当した浅野弁護士がやってきたが、同じことだった。浅野がいくら、詳細を聞き出そうとしても、彼女は黙ったままなのだという。ただ、「あなたが殺したのですか？」と尋ねると、「やっていない」と言ったという。

浅野は困惑しながらも、梓の弁護人を引き受けるつもりらしかった。

圭司は、下嶋という中堅の刑事と一緒に、梓の取り調べを手伝った。彼は、まるで会計士のような黒縁眼鏡と、堅そうな外見に似合わず、巧みに話術を操って、梓の供述を引き出そうとした。

しかし、梓は耳を塞いでしまったかのように、なにも言わず、ただ下を見つめているだけだった。

　圭司だけではなく、下嶋もぐったり疲れ切ってしまったようだった。

　黒岩は、こうなることを見越していたのかもしれない。圭司はそう思った。

　その次の日、黒岩が出勤してきたとき、圭司はほっとした。一日休んだことで、なにか打開策を見つけだしてきたかもしれない、と思ってだが、黒岩はなぜか、休み明けだというのに、以前より疲れた顔をしていた。

「取り調べの方はどう？」

　なんとなく、聞く前から答えはわかっているような語調で、黒岩は圭司に尋ねた。

「おんなじです。相変わらず喋ってくれません」

「そう」

　取り調べ期間は、あと数時間しかない。もちろん、この調子では勾留しての取り調べということになるのは間違いないのだが。

　午前中、はじめて黒岩が、取調室に入った。梓は、もう、だれが入ってきてもドアの方さえ向かなかった。整った顔立ちのせいで、よけいに人形のように見える。

　黒岩は椅子を引いて、彼女の前に座った。

「これまでの展開は、あなたの思うとおりなの？」

いきなり黒岩が言ったことばに、圭司は驚いた。彼女はなにを言おうとしているのだろう。

梓も、ひどく驚いたようだった。今まで、なにを言っても反応がなかったのが、嘘みたいに、黒岩の顔を凝視している。彼女はおそるおそる口を開いた。

「なんのことですか？」

「重要参考人として、連行されてきて、取り調べされているときは、あなたはとても緊張していた。背筋が強ばって、指先が小刻みに震えていた。もちろん、警察の取調室にいるんだから、それも無理のない話だと思っていたけど、なぜか逮捕状を見たとき、あなたの肩から力が抜けたような気がしたの。まるで、ほっとしたように見えた。だから、あなたは逮捕されることを望んでいたのか、と思ったの」

梓はまた、人形のような顔に戻った。唇をきゅっと引き結び、なにも言うまいと決意するような表情になる。

黒岩もその後、なにも尋ねないまま、時間だけが過ぎた。

「黒岩さん、さっきの話、どういうことなんですか？」

昼休み、署の屋上で、圭司は黒岩に尋ねた。

コンビニで買ってきた、ぱさぱさのサンドイッチと缶コーヒー。ただ、空腹を満たすだけの、味気ない昼食だった。

「さっきの話って？」

ひどく気の抜けた声で、黒岩が尋ね返す。

「ほら、梓が逮捕されることを望んでいたんじゃないかって、話ですよ」

「ああ、あれ？」

紙パックのカフェオレを、ストローで吸い上げながら、黒岩は力無く答えた。

「わからない。ただ、そんな気がしたの」

圭司は不審に思って、黒岩の顔を覗き込んだ。いつもの彼女とどこかが違う。

「黒岩さん、なんかあったんですか？」

「どうして？」

「なんか元気がないから」

いつもの黒岩は、うるさく騒ぐわけではないが、どこか颯爽（さっそう）としている。今日はまるで、空気の抜けてしまった風船のようだ。

黒岩は、膝の上に顎を乗せて、大きくため息をついた。

「プライベートなこと、愚痴(ぐち)ってもいい？」

「どうぞ」

彼女は、聞こえるか聞こえないか、くらいの小さな声で言った。

「智久がいなくなっちゃった」

「え？」

智久といえば、黒岩のヒモ——もとい同居人である。一度会っただけの、ゴールデンレトリバーそっくりの穏和そうな顔立ちを思い出す。

「喧嘩でもしたんですか？」

あのとき、黒岩と彼とは、とても仲が良さそうに見えた。喧嘩などしそうな雰囲気ではなかった。

「喧嘩はしていない。それなのに、急にいなくなってしまったの」

彼女は、また力の抜けたようなため息をつく。かなりダメージを受けているようだった。

「そうだったんですか……」

それ以上なにも言えず、圭司は、うなだれる彼女を見つめた。

「なんかさあ。結局わたしも、『女は家にいて、家事をやってればいいんだ』なんて言っちゃう男と同じだったのかもしれない、と思ってさ」

「男は家事をやってればいい、とか、言ったんですか?」

「言わないわよ。そんなこと」

ポケットから煙草を探した黒岩だが、あいにく空だったらしい。箱を握りつぶして、サンドイッチの包み紙と一緒にした。

「でも、彼は本当は、彼が小説家になることを、心から信じて支えて、彼が成功した後は、彼をサポートする側に回るような、そんな女性の方がよかったんじゃないかなあ、と思ったの」

不思議に思って尋ねる。

「彼が小説家になれるって、信じてなかったんですか?」

「だって、小説のことはわからないから、彼に才能があるのかどうかなんてわからないもの。彼が、持ち込みを断られて落ち込んでいても、『また、次があるじゃない』とは言えるけど、『次は絶対大丈夫だよ』とは言えなかったわ。大丈夫じゃない可能性の方が高いんだもの」

そりゃ、正論である。だが、世の中は正論だけでまわっているわけではない。

圭司は改めて、黒岩をまじまじと眺めた。この人はもしかすると、馬鹿正直すぎるのかもしれない、と思いながら。

「別に、わたしは今のままでもよかったのよ。もし、彼の今の夢がかなわなくても、その夢を少しずつ修正していって、折り合う仕事が見つかればいいと思っていたし、それに時間がかかってもいいと思っていた。もちろん、夢がかなえば、それがいちばんいいんだけど」

たぶん、智久という人も、彼女に甘えて寄りかかる人ではなかったのだろう、と圭司は思った。だから、彼女もそれでいいと思ったはずだ。黒岩は、たぶん、度の過ぎた甘えを許す人ではない。

けれども、だからこそ、行き詰まってしまったのかもしれない。

話を聞いた最初は、「そんな男やめてしまえばいいじゃないですか。うちにいい子いますよ」とソウを売り込むことも考えたが、どうやら気軽にそう言える話でもなさそうだ。

黒岩は膝小僧に顎を乗せて、疲れたような声で言った。

「普通って、なんなんだろうね」

「え?」

「だれもわたしに、普通にしてろ、なんて言わなかった。両親や、兄弟や智久や、あの係長だって、そんなことは一度だって言わない。それなのに、ときどき、普通が重くのしかかってくるの。自分が普通じゃないことが、なんだかいたたまれなくて、『わたしはこうでしかないんだから』って、自分に言い訳してしまうの。そんな自分が、小心者みたいで嫌」

ふいに圭司は、母親のことを、思い出した。普通の母親にはなれないから、「お母さん」とは呼ばないでほしいと言った彼女。彼女の背中にも普通が重くのしかかっていたのだろうか。あんなに一所懸命やっていたのに。

「黒岩さん」

「なに？」

「きっと帰ってきますよ、と、ほかにもいい男はいくらでもいますよ、のどちらがいいですか？」

黒岩はくすり、と笑った。

「一応、保留にしておいて。もう少し考えておくわ」

やはり、梓は勾留されることになった。まったく供述が取れないのだから仕方がない。

しかし、勾留期間の十日、延長しても二十日、その期間、彼女が黙秘を続けていれば、どうなるのだろう。このまま起訴という形になるのだろうか。

不安に思って、黒岩に尋ねると、彼女もしばらく考え込んだ。

「たぶん、そうならざるを得ないけど、ただ、不安が残るのよ。唯一の物的証拠は、現場に残った彼女の指紋だけ。未だに、動機の裏付けも取れない。弱すぎるわ。このままじゃ、起訴まではできても、裁判になったときに、ほころびを見つけられてしまうかも」

最初は、黙秘などは、益のないことだと思ったが、こうなってみると、梓の作戦かもしれないと思う。

黒岩はふいに、黙りこくった。上の空のまま、受話器に手を伸ばし、どこかに電話をかけはじめた。電話の邪魔になってはいけないので、席に戻って、デスクワークを再開することにした。

黒岩はあちこちに、電話をかけていた。しばらくして、電話を切ると、まっすぐ主司の机にやってくる。

「話を聞きたい人がいるの、出かけるから支度して」

そういえば、ここ二日は、デスクワークと取り調べばかりで、外に出ることも少なかった。少し前までは、人の話を聞いて回るばかりだったというのに。

「どんな人なんですか？」

「卓雄と、加害者サポートの会で一緒だった人。卓雄が会をやめてからも、つき合いがあったそうよ」

それを聞いて、少し緊張した。ＤＶの加害者だった人と会うということだ。妻を殴る夫というのは、どんな人間なのだろう。

待ち合わせは、都心の喫茶店だった。黒岩は目印の文庫本を持って、店に入った。窓際の席に座っていた男性が立ちあがった。

白いポロシャツをきた、生真面目そうな雰囲気の男性だった。たぶん、男を数人並べて、「この中から妻に暴力をふるう男を探せ」と言われれば、だれも彼を選ばないだろう。

しかも、なんと横には三歳くらいの男の子が座っている。さすがに黒岩も、少し驚いたようだった。

「すみません。かみさんが、風邪を引いたみたいで、うつさないように外へ連れ出してくれって言われましてね。ご迷惑はおかけしませんから」

にこやかに笑う顔は、いい父親そのものだ。彼にそんな過去があるとは信じられなかった。

笑顔はすぐに、強ばった表情に戻る。

「小早川さんのことは、本当に驚きました」

彼は、大石（おおいし）と名乗った。DV加害者サポートの会で卓雄と知り合い、彼が会をやめてからも、ちょくちょく会って飲んだり、メールのやりとりをしていたそうだ。

卓雄と違い、彼はまだ、DV加害者サポートの会に通っているという。

「意志が弱いんです。疲れたり、気を抜いたりすると、暴力的な衝動がこみあげてくることがある。完全に暴力を脱ぎ捨てることができていないんだと思います。そんなときは、とりあえず、しばらくコンビニに行ったり、近所を歩き回ったりして、気持ちを冷やすことにしていますから、もう妻に手を挙げることはなくなりましたが、彼女にはわかりますからね。ああ、今、あの人は、わたしを殴りたい、と思ったって」

彼は、再婚ではないと言った。今の妻に、三年ほど前まで暴力をふるい続けてきたのだという。

「子供ができたことで、自分を変えなければいけない、と思いました。幸い、妻も理解してくれて、一緒にいてくれています。離婚を言い渡されて、子供の親権も奪われても仕方がないことでしたから」

そう言いながら、いとしそうに男の子の頭を撫でた。子供は、オレンジジュースを飲みながら、不思議そうに父親を見上げた。

「それは、あなたが自分と戦おうとしているからでしょう」

黒岩がそう言うと、大石は困ったように目を伏せた。

「それで、小早川さんのことなんですが、本当ですか。彼の妻が、彼を殺したって」

新聞には、逮捕の記事が載っていたはずだ。

「状況から、そうではないかと考えられます。彼女は一貫して容疑を否認し続けていますが」

だが、梓は「やっていない」と言うだけで、自分が犯行時刻にどこにいたのか、なぜ、現場に指紋が残っていたのか、などの弁明は、一切しない。それでは、警察としても彼女の言うことは信じられない。

「小早川さんと、奥さんの間に、なにがあったのですか？」

大石の質問に、黒岩は答えた。

「わたしたちは、またＤＶがあったのではないかと憶測(おくそく)しています。妻がそれに耐えられなくなったのだと。それで、大石さんのお話を聞きたいと思ったのです」

大石は、大きくかぶりを振った。

「わたしには信じられません」

「どうしてですか?」

「小早川さんと、わたしは、自分たちの状況について、腹を割って話していました。わたしは自分の状態を包み隠さず喋っていたし、彼もそうだと思います。結婚する前、小早川さんは、怯えていました。彼女のことはとても好きなのに、また暴力をふるってしまったらどうしよう、と。同じことは、絶対に繰り返したくない、と」

たしか、加害者サポートの会の澤田も、同じことを言っていた。

「でも、結婚した後、彼はほっとしたように言っていました。再婚してみると、憑き物が落ちたように、妻への暴力の衝動がなくなったって。それからも、月に一度くらいは会って酒を飲んでいましたが、そのたびに彼は言っていました。妻とは順調に、うまくやっている、と」

「嘘をついていた、という可能性はありませんか?」

「わかりません。けれど、嘘をつく必要があるのでしょうか。わたしの方は、自分の暴力の衝動について、正直に話したり、弱音を吐いたりしていたのに。それにお恥ずかしい話ですが、わたしたちは妻への愚痴なんかも、話していました。不満があっても、暴力よりも、他人に愚痴って解決する方がずっとましでしょう」

「そうですね」

黒岩は頷いた。

「わたしの愚痴を、彼は笑って聞いてくれて、それから少し、彼女への愚痴も言いました。本当に些細なことです。料理があまり上手じゃないとか、休みの日、一緒にドライブに行きたいのに、彼女は家で本を読むばかりで、つき合ってくれないとか。そこまで、包み隠さず喋っていたのに、いちばん大事なところだけ、嘘をつく必要があるんですか？」

黒岩は目を細めて、大石を見た。

たしかに大石は、卓雄がいちばん、嘘をついて、自分を隠す必要のない相手だった。彼にならら、卓雄は自然に話せたはずだった。

大石は、問いつめるような口調で言った。

「小早川さんはどうして殺されたんですか？」

その質問に答えられる人間は、ここにはいない。

帰りの車の中、助手席のシートに凭れて、黒岩が言った。

「思うんだけどさ」

「なんですか？」

「男の子だから、弱音を吐いちゃ駄目。男の子だから、泣いちゃ駄目。そんなふうに子供を教育するわよね。あれって、もしかして、すごく残酷なことなのかもしれない」

圭司は、黒岩がなにを言おうとしているのか、気づいた。

「つらいときは、だれだって弱音を言いたいし、嫌なことがあったら愚痴も言いたいし、泣きたいことがあったら泣くのは、本当に普通のことなのに、それがみっともないこと、なんて言われたら、いったいどうやって、感情を処理すればいいの？」

そうして、行き場のない感情を、暴力という形で吐き出す男がいる。愛する者の心と身体を傷つけて。もちろん、だからといって、暴力が許されるはずはないのだが。

そう言えば、自分は母親に、どんなことを言われただろうか。思い出してみるけど、記憶にはない。子供のころ、身体のでかい兄貴に殴られて、ぴーぴー泣いたとき。

思い浮かぶのは、母親に頬を抓（つね）られている兄の顔だけだ。

「ちょっと、ごめん」

そう断って、黒岩は携帯で電話をかけ始めた。だれも出なかったらしく、落胆した表情で、電話を切る。

家か恋人の携帯か、どちらかにかけたのだろう。いつもより、生気のない彼女の横顔を、圭司はちらりと盗み見た。

「黒岩さん、よかったら、うちに飯食いにきませんか？」

黒岩の目がまん丸になる。

「どうしたのよ」

「いや、うちの兄貴の飯も結構うまいですよ。炒飯とか、カレーとか、八宝菜とか、だーっと大皿の、大雑把系ですけど」

たしか、今日は宗司は非番だったはずだ。黒岩がくすくすと笑った。

「なにそれ、元気づけてくれてるの？」

「まあ、一応」

黒岩は、外の景色に目をやって、言った。

「そうね。お邪魔しようかな」

さすがに急に連れて帰って、宗司が腰を抜かすといけないので、あらかじめ、電話を入れた。

「なんでやねん。なんでそんなこと急に言うねん」

驚かさないように先に言ったのに、宗司は充分驚いたようだった。声がぶるぶる震えて、動揺が電話のこちら側まで伝わってくる。

「おまえ、黒岩さんと仲良くなりたかったんちゃうんか」

「そら、仲良くなりたいけど……彼氏いるんやろ」

「その彼氏と揉めたらしい」

宗司は電話の向こうで黙り込んだ。たぶん、彼の中では激しい葛藤（かっとう）が起こっているのだろう。

「ともかく、連れて帰るからな。飯作っておけよ」

最後通牒（さいごつうちょう）のように言って、電話を切る。

デスクワークを片づけて、黒岩と一緒に寮に着いたのは、八時をまわったころだった。鍵が開いていたので、「今帰ったで」と言いながら、ドアを開ける。

玄関に、激しく緊張した表情の宗司が立っていた。

「お、おかえり……」

額に脂汗まで浮かんでいる。そのわりに服装はエプロンのままで、緊迫感がないことこの上ない。

見れば、テーブルの上には豚汁と回鍋肉と豚カツが並んでいた。

「なんで、豚ばっかりやねん」

「わからん。おれ、緊張してもうて……」

まあ、緊張のあまり、作ったことのない豪華な料理に挑戦して、玉砕するよりはましかもしれない。

黒岩は、玄関までいらっしゃいを言いにきた、お客様好きの太郎の頭を撫でている。

「こんばんは。宗司くんだっけ。お邪魔します」

「はい、そうです。ようこそいらっしゃいませ」

なんだか、ファーストフード店のような挨拶をして、宗司はぎくしゃくと黒岩を中に案内した。太郎も後からついてくる。

「寮で、猫なんか飼ってもいいの？」

太郎を抱き上げながら、黒岩は圭司に尋ねた。

「寮長さんに押しつけられたんですよ。寮長さんの家は、七匹いるそうです」

「へえ。名前は？」

「太郎です」

「え？　この子、三毛だから女の子じゃないの？」

「メスです。でもそれに気づいたのが、飼い始めて、半年後で」

すでに、太郎は自分の名前が、太郎だと認識していたので、そのままになってしまったのだった。

宗司はロボットのような動きで、テーブルセッティングをしている。緊張のため、ものすごく怖い顔になっていることにも気づいていないようだ。

「ねえ、お兄さん、お客さんがくるの、苦手なの？」

宗司の表情に気づいた黒岩が尋ねる。

「いえ、そうじゃないんですけど……すごくタイプなんですよ」

「だれが」

「黒岩さんが」

黒岩は、はじめて、あははは、と声を出して笑った。どうやら冗談だと思ったらしい。

黒岩の顔は、署にいるときよりも、ずいぶんリラックスしていた。招待してよかった、と圭司は思った。

「じゃ、食べてください。豚肉ばかりで、申し訳ないですけど」

宗司はぎこちない顔のまま、彼女をテーブルに誘った。

作っているときに気づけよ、と、圭司は小さく呟いた。


缶ビール一本で、彼女の目はとろんとしてきた。

「ねえ、どうして、男が仕事して、女が家事をするのは普通で、逆だとヒモなの？」

いきなり、そんなことを言い出す。

「さあ……わかりません」

宗司は正直にそう答えている。だいぶ、緊張も解れてきたようだ。

「でも、ヒモって言うのは、女性に水商売をさせて、そのお金でギャンブルしたり、そういう男なんじゃないですか？」

「そうよねー。きちんと、家事やってくれるのは、ヒモじゃないわよね」

ちょっと、圭司も胸が痛んだ。心の中で、黒岩の恋人を、ヒモ呼ばわりしたのは、自分も同じである。

彼女は大きなため息をついた。

「でも、本当は彼も、あんな生活、嫌だったのかもしれない。だから出て行っちゃったのかも……」

「そんなことないでしょう」

宗司が差し出した二本目の缶ビールを受け取って、プルトップを開けた。

「だってさあ、わたし、基本的に人の気持ちに鈍感なのよ。仕事のときは、神経を張って、必死につかむようにしているけどさ」

そうだろうなあ、と豚カツのキャベツをお代わりしながら、圭司は思った。目の前の大男が、恋人の話をするたびに、顔を引きつらせてショックを受けていることにも、まったく気づいていない様子だ。

「気づかないうちに、彼のこと、すごく傷つけていたのかも……」

「ヒモって、だれかに言われたんですか？」

「トモくんの妹の旦那が言ったんだって。それを妹が本人に言って……。肉親って、ときに容赦ないわよね。友達だって、心では思っていても、そんなこと言わないわよ」

宗司は首を傾げた。

「その、智久さんって人、だから出ていったんじゃないですか。そう言われたことを気にして」

「そうかも……」

「だったら、捜してあげないと」

宗司は身を乗り出して、言った。

「え？」

「その人は、黒岩さんに迷惑をかけていると思って、だから出ていったんでしょう。黒岩さんが、彼を必要としているのなら、ちゃんと捜して、そう言ってあげないといけないですよ。きっと、彼も傷ついているんですよ」

おやおや、と圭司は、宗司の表情を窺った。

「でも、どこに行ったのかわからないし……」

「実家とか、共通の友達の家とか、心当たりはないんですか。もし、彼が黒岩さんに捜してもらいたい、と思っているのなら、きっと、黒岩さんの知っている人のところにいるはずです。捜してあげてください」

宗司はきっぱりとそう言った。黒岩はしばらく下を向いていた。急にすっくと立ちあがる。

「わかった。わたし、捜す！」

「そうですよ」

彼女は上着と鞄を持って、立ちあがった。

「宗司くん、ご飯、ごちそうさま。會川くんも、招待してくれてありがとう。わたし、もう帰るわ」

送りましょうか、と言いかけて気づく。宗司も圭司も飲んでしまっている。

玄関で靴をはいて、黒岩は言った。

「宗司くん、どうもありがとう。勇気が出てきたわ」

そうして、そのまま部屋を出ていった。

ビールの缶を握りしめたまま、硬直していた宗司が、そのままテーブルに突っ伏した。うー、と低く呻く。圭司はため息をついた。

「寅さんかよ。自分で、望みをなくしてどうする」

「だって、あの人、ほんまに、彼氏のこと好きみたいやったから……」

だからといって、あんなことまで言わなくていいものを。

「まあ、今度のことで、黒岩さん、おまえのことを、いい人やと思ったはずやで。もしかしたら、次に彼と駄目になったら、チャンスがあるかもしれへんやん」

口先だけの慰めを言って、がしがしと短髪をかきまわした。

宗司は大きくため息をついた。

「おれに、春はいつくるんかなあ」

「知らん、そんなこと」

宗司を放っておくことにして、圭司は後かたづけを開始した。空になった皿をまとめて、シンクに持っていって洗う。

「花ちゃん……って、呼んでみたかったなあ」

さっさと洗い物を片づけながら、ふと思い出した。そういえば、黒岩は恋人に聞いたと前置きして、なにか妙なことを言っていたはずだ。

梓が書いた童話は、別の結末があるのではないか、と。

圭司は、水道の蛇口を捻って、止めた。泡のついたスポンジを持ったまま、しばらく考え込んだ。

梓の所持品の中にパソコンがあった。たしかメールなどは、パソコンに詳しい西野が調べて、事件に関係あるメールは見つからない、という結果が出たはずだ。

もしかすると、彼女はあのパソコンで、童話を書いていたのではないか。

だとすれば、ハードディスクの中に、別の結末が残っているのではないだろうか。

いつのまにかスポンジの泡は消えている。圭司はまた蛇口を捻って、洗い物を再開した。

明日、調べてみなくてはならない。

第七章

それから、どのくらいの月日がながれたのでしょう。

ルカはまだ、おおかみといっしょにいました。なにかがかわったわけではありません。

おおかみは、あいかわらず、お腹が空けば、ルカを食べました。食べられることは、いたくて、つらくて、けっしてなれることはできませんでしたけど、ルカはがまんしました。

なぜなら、それがルカにとって、生きることだったからです。

いたくても、つらくても、きりがなくても、だれも、ルカに「もういいよ」とは言ってくれないのです。いつまでつづくかわからなくて、気がとおくなってしまうこともありましたけど、それでもルカにはどうすることもできなかったのです。

その年の夏は、あの夏にそっくりでした。

あの夏、ルカがはじめて、この山にきた夏です。

雨ばかりふって、じめじめとうっとうしい日がつづきました。お日さまが照ることなど、ほとんどありませんでした。

こちらの山では、村のように病気がはやることもありませんでしたし、(だいいち、人などだれもいなかったのです)岩のすみかでは、なにかがくさることもありませんでした。

ルカはときどき、村のことを考えました。村ではきっと、あのときのように病気がはやって、たくわえていた食べものも、くさってしまっているでしょう。

けれども、ルカにはどうしようもありません。ルカはこの山を出ることができないのだし、あの村の人々も、もうルカのことなどわすれてしまっているでしょう。

そんな夜のことでした。

ねむっていたおおかみが、いきなりさけびました。

「牛のにおいがする」と。

この山には、牛はいません。牛は村で人がそだてているのです。けれども、おおかみは牛が大好きでした。食べでがあって、やわらかくて、おいしいからです。

おおかみは、牛をさがすため、きげんよく、洞くつを出ていきました。

ルカの手はぶるぶるふるえていました。

ルカにはわかりました。牛がじぶんから、この山にくることはありません。人が、牛をこの山においやったのです。

この山にきたとき、ルカは牛の背にくりつけられました。きっと、また牛の背には、ルカと同じような女の子が、くくりつけられているのです。神さまへのささげものとして。

ルカはいてもたってもいられませんでした。洞くつを出て走りました。

おおかみの足には、追いつくことはできませんが、おおかみは女の子よりも先に、牛を食べるでしょう。

思ったとおり、林の中で、おおかみたちは、牛にむらがっていました。肉を引きちぎり、血をすっていました。

少しはなれたところで、小さな女の子がふるえていました。ルカはその子をよびました。

「こっちにいらっしゃい」

女の子は、ルカを見て、大きく目を見ひらきました。そうして、べそをかきながら、ルカのほうへ、走ってきました。とてもこわかったのです。

「あなたのなまえは?」

「ノーラ」

「わたしはルカ」

ふたりは、おおかみに見つからないところまで歩きました。あの洞くつには、つれていけない、ルカはそうかんがえました。

雨の中を歩きながら、ルカはノーラにたずねました。

「ノーラ、あなたクモはすき?」

ノーラはぶるぶるとふるえました。

「きらい、だいきらい」

「じゃあ、川で、うすい赤のクモを見つけたことがある?」

「見つけたわ。気味が悪いから、ふみつぶしてやった」

ルカは思いました。この子はわたしといっしょだ、と。

山のてっぺん近くに、ルカは、小さなくぼみを見つけました。やっと、雨がしのげるていどのくぼみでした。ノーラはつかれていたのか、そこに入ると、すうすうねむりはじめました。

ルカはねむりませんでした。ずっとかんがえていました。

もし、ノーラがおおかみに食べられてしまえば、ノーラは、ルカと同じになってしまうでしょう。きりもなく食べられて、そうして生き返る。そんな毎日をすごすのです。

そうしたら、ルカにはともだちができるのです。おおかみではなく、いたいことを、苦しいことを話すことができる、ともだちができます。

ばかげているわ。そうルカはかんがえました。ほんとうにばかげている。

きのうはうでを食べられたの、いたくてたまらなかったわ。そんなことを話すのでしょうか。それとも、どうやって、食べられれば、少しはましか、ふたりでそうだんするのでしょうか。

ほんとうにばかげている。ルカはそうくりかえしながら、ねむりにつきました。

次の日、ルカはまだ、くらいうちに起きました。そうして、ノーラを起こしました。

「さあ、起きなさい。歩いて山を下りるのよ」

ノーラは山のてっぺん近くまで牛でやってきました。人の足で下りるのはたやすいことではありません。

けれども下りなくてはならないのです。

ノーラは、つかれたと言ってぐずりました。ルカはノーラの目を見て言いました。

「山を下りなければ、あなたはおおかみのえさになってしまう。それも一回じゃないの。なんども、なんども食べられて、苦しくてたまらないのに、またもとのからだにもどって、また食べられてしまう。そんなことになってしまうのよ」

ノーラはいきをのみました。それはそうぞうするだけで、死ぬよりもこわいことでした。

ルカとノーラは、山を下りはじめました。なんどもなんども、岩につまずき、ぬれた草に、足をすべらせてころびました。ノーラはときどき、つかれて、べそをかきましたが、ルカはだまって、歩かせました。

なぜなら、心の中では、ルカはノーラとずっといっしょにいられたら、と思っていたからです。ゆっくり休んでいたら、その思いに、のみこまれてしまいそうだったからです。

足をきずだらけにしながら、山のなかほどまできたときに、岩のかげからおおかみがあらわれました。ルカといっしょにくらしていた、おおかみではありません。

「おじょうさんがた、あんたたちを食べてもいいかな」

「こまるわ」

ルカはそう言ったけど、おおかみが言うことなどきいてくれないことは知っていました。

このおおかみもおなかが空いていたのです。

「食べるのなら、わたしを食べて。わたしの方が大きいから、じゅうぶんでしょう」

ルカはそう言いました。なぜなら、ルカが食べられることと、ノーラが食べられることは、まったくちがうからです。

ノーラはまだ、まにあうのです。山を下りれば、村にかえれます。けれども、食べられてしまえば、ノーラもルカと同じになってしまいます。

おそろしさのあまりか、ノーラは泣き出しました。むかしの自分のようだ、とルカは思いました。

おおかみは、音もなくルカにとびかかってきました。うでを食いちぎってのみこみました。おなかを歯で引きさいて、やわらかなぶぶんを食べつくしました。

ノーラはかなきりごえで泣きさけびました。ルカは食べられながら言いました。

「泣かないで。ほかのおおかみがやってくるから」

山には数え切れないほどのおおかみがいるのです。

ノーラは泣きやむことはありませんでしたが、手で口をふさぎました。そうして、声を出さずに泣きつづけました。

ルカを食べたあと、おおかみは、ノーラに言いました。

「こわい思いをさせて悪かったね」

そうです。この山のおおかみたちは、おなかさえ空いていなければ、みんなとてもやさしいのです。

いつもは朝までかかるのに、この日、ルカのからだはあっというまに元にもどりました。ノーラの目が見ひらかれました。

「行くのよ。こんなふうになりたくはないでしょう」

ルカはそう言いました。

またふたりは、歩き出しました。ノーラはずっと、声を出さずに泣いていました。

ノーラはルカのために泣いていたのです。

ルカは言いました。

「だいじょうぶ、だいじょうぶだから」

たとえ、なんど食べられても、この山なら生きていくことはできるのです。

また、別のおおかみがあらわれました。ルカはまた言いました。

「わたしの方を食べて」

ノーラはこんどは泣きませんでした。ただ、目をあけて、ルカが食べられるところをじっと見ていました。

山を下りるまでに、どれだけのおおかみに出会ったのか、ルカはもうおぼえていませんでした。ただ、ふしぎなことに、のどをくいちぎられても、おなかをひきさかれても、ルカは、今までほど苦しくなかったのです。

そばにノーラがいたから。

ルカははじめて知りました。ひとりでいるのと、だれかといるのは、ちがうのです。

ルカはずっと、おおかみといっしょだったけれど、ほんとうはひとりだったのです。

ノーラは、ルカが食べられるところから、目をそらしませんでした。

夜が明けて、ルカたちはやっと、山の麓までたどりつきました。

ルカは言いました。

「これから先は、ひとりで行って。もうおおかみもいないから」

ノーラはとてもおどろきました。

「ルカはどうするの？」

ルカもいっしょに行きたいのはほんとうのことです。けれども、ルカはこの山でしか生きられないのです。

そう言うと、ノーラはまた泣きました。しかるようになんども言うと、ノーラはなんどもふりかえりながら、山を下りていきました。泣く声が、木のあいだにひびきました。

ルカはかなしくはありませんでした。

なぜなら、ルカは知っていたからです。自分はこの先、ノーラの中で、生きていけるということを。

黒岩は、黙ってその物語を読んでいた。

圭司も先ほど読み終わった。そうして、黒岩の恋人が、なぜ、この物語には別の結末があるのでは、と言ったのかを知った。

前の結末は、物語としてバランスが悪かった。思いが込められていなかった。

本当の結末を読んで、それがわかった。最初から、この結末のために、物語は書かれていたのだ。

黒岩の指先が、苛立つように机を叩いていた。

「まさか、そんなことが……」

彼女はなにかに思い当たったようだった。圭司にも、黒岩が考えたことが、なんとなくわかる気がした。

この物語が、現実の映し鏡だと考えるのは危険だ。

だが、なぜ、梓は応募するときに、この物語を書き換えたのか。あんなに空っぽの結末に代えてしまったのか。このままではいけなかったのか、圭司はそれを考え続けていた。

黒岩は立ちあがった。圭司の顔を見据えて言った。

「裏を取るわ。行きましょう」

圭司は頷いた。

車に乗ったとき、黒岩は少しだけ笑顔を見せた。

「お兄さんにありがとうって言っておいて。智久、見つかったわ」

「ソウの言うことが正しかったんですか？」

彼女は頷いた。だが、すぐに厳しい表情に戻った。

これから、つらい仕事が待っている。

入念に、聞き込みをして、圭司たちは仮説が正しいことを確信した。

最後に、北里ガーデンへと向かった。小早川綾は、店先に並んだハーブの苗を、丁寧に調べていた。病気はないか、元気のない苗はないか、ひとつひとつ確かめているようだった。

まるで、愛しむようなその仕草に、胸が痛くなった。

彼女は視線に気づいたように顔を上げた。黒岩と圭司が店の前にいることに気づいて、立ちあがってお辞儀をした。

彼女はこちらへ歩いてくる。

「お義姉さん、逮捕されたんですね」

「ええ、連絡しなくてごめんなさい」

綾は、強い意志を感じさせる口調で言った。

「お義姉さんは、やっていないって言っているんですよね。わたし、義姉を信じていますから」

黒岩は顔を背けて、呟いた。

「あなたのその強い信頼は、どこから出てきたのかしら」

「……え？」

綾は戸惑ったように、黒岩を見た。黒岩は綾の顔を見ずに喋り続けた。

「お義姉さんのアリバイが、確認されたわ。お義姉さんは、偽名で短期間、ホステスのアルバイトをしていた。卓雄さんが殺された日、犯行時刻の十二時から四時まで、彼女はずっと店にいた。多くのお客さんや同僚のホステスが証人になっているわ」

綾の目が大きく見開かれた。

「え……、だって……そんな！」

動揺のあまりか、そう呟いた綾は、自分が失言をしたことに気づいた。逃げようとした綾の手首を、黒岩がきつくつかんだ。胸から逮捕状を取り出す。

「綾さん、あなたを小早川卓雄殺害容疑の主犯として、逮捕します」

彼女は唇をきつく噛みしめた。それでも、素直に手首を出した。

冷たく光る手錠が、華奢な手首にかかった。

綾が逮捕されたという知らせを聞いて、梓は、がっくりと肩を落とした。

今まで、張りつめていた感情が、一瞬で緩んでしまったようだった。疲れ切った顔で、椅子に凭れる。

前に座った黒岩は、静かな口調で言った。

「綾さんは、すべて話したわ。今度はあなたが、話す番だわ」

感情を見せなかった瞳が、後悔するように潤んだ。

「あの子を守ってあげたかったのに……」

「守るなら、もっと違う形で守るべきだったわね」

黒岩が呟いたことばに、梓は顔色を変えた。

「なにもわからないくせに。意志も心もすべて、叩きつぶされて、希望も感情も奪われたことなんか、ないくせに！」

梓がはじめて見せた、激情だった。黒岩は静かに彼女を見下ろしていた。

「ええ、ないわ。でも、それでも、言うわ。守りたいなら、違う形で守るべきだったのよ」

梓は、一度だけ、拳を机に叩きつけた。そうして、声をあげて泣き始めた。

黒岩は彼女が泣きやむまで、黙って、外の景色を眺めていた。

「わたし、確かめたかったんです」

最初に梓が言ったのは、そんなことばだった。

「安西と結婚したとき、わたしは彼のことが、とても好きだった。彼も、わたしのことを愛していると言ってくれました。うれしくて、幸せで、たぶん、わたしみたいに幸せな人なんて、世界にいないと思っていた」

それなのに、安西は梓をぼろぼろにした。

「まるで、わたしには心も、感情も存在しないような、そんな扱いを受けて、もう駄目だって思ったんです。五年間の月日が、この人からわたしへの愛情を奪ってしまった。もう、この人にとって、わたしは、蔑（さげす）むべき存在でしかないんだって。だのに、離婚を切り出したとき、彼は言ったんです。愛しているのに、どうして別れなければならないんだって」

安西とやり直すことは完全に不可能だった。しかし、離婚話を進めながら、梓の頭の中にあったのは、「なぜ」という疑問だけだった。

「カウンセラーの人たちは、わたしの疑問にこう言いました。彼は、自分の所有物として、あなたを愛しているだけであって、あなたの人間性を尊重したいとは思っていないのだ、って。それは、たぶん正しいんだと思いました。でも、どうしても納得できなかった。だって、愛していたら、その人を大切にしたいと思うでしょう。その人に笑っていてほしい。幸せでいてほしいと思うでしょう」

「子供がおもちゃを欲しがるような、そういう形の愛なんでしょうね。単なる所有欲に、その人が愛という名前を付けているのか。それとも、所有欲すら、愛と呼べるのか」

黒岩が、自分に言い聞かせるようにそう呟いた。梓も少し笑みを浮かべた。

「わたし、愛ということばに振り回されていただけなのかもしれないですね」

それでも、梓の中には疑問は残り続ける。そんなとき、小早川卓雄に出会ったのだ。

「彼はわたしのことを好きだって言いました。けれども、彼は以前、好きだった相手を、暴力でぼろぼろに痛めつけた人だった。反省していて、もう二度と、あんなことはしたくないと言っていたけど、それでも、たしかに彼は、愛情と暴力の狭間にいた人でした」

彼女は一度、口を閉じて、黒岩の顔を見た。

「だから、わたし、確かめたいと思ったんです。男の愛って、いったいなんなのかを」

暴力をふるって、大事な人をぼろぼろにしながら、それでも愛しているという不思議な生き物の心を。

実際、結婚してみると、卓雄は意外にも優しかったのだという。暴力をふるわなかっただけでなく、梓の自由も拘束しなかったし、自尊心を奪うこともなかったという。

「暴力をふるうほどじゃなくても、結婚したら妻の自由を束縛してもいいと思っている夫はいます。友人にも、メールを勝手に見られたり、外出することを許してもらえなかったという話はよく聞きます。彼は、そんなことさえしなかった。きちんと、わたしのことを人として尊重してくれました。やっと、安西と別れてから、ずっとぽっかり穴が空いたようだった心が、埋められたような気がしました」

だが、そんな幸せな日々はいつまでも続かなかった。

卓雄と結婚してから、彼の妹である綾と、梓は仲良くしていた。綾も、梓のことを「お義姉さん、お義姉さん」と慕っていてくれたという。

「彼の家族からは、あまりよく思われていなかったこともあって、慕ってくれる綾ちゃんのことは、本当の妹みたいに思えました」

あるとき、綾の顔に、青あざがあるのを梓は見つけた。

「どうしたのって、聞いたら、転んだって言いました」

それから、しばらくして、今度は腕や、足にひどい傷を見つけた。胸元からも、青あざらしきものが見えた。

「被害者の会で会った、夫に殴られた女性と同じような傷だった。だから、わたし、綾ちゃんが、暴力をふるう男とつき合っているのだと思った。助けてあげなくてはならないと思った」

梓は、綾を問いつめた。だが、返ってきた答えは、信じられないものだったという。

「綾ちゃんは言ったんです。お兄ちゃんに殴られたって」

彼女は、そのときのことを思い出したかのように、苦しげな顔をした。

綾の告白は、梓には信じられないものだった。

子供のころから、卓雄は気に入らないことがあると、綾を殴ったり蹴ったりしていたのだという。もともと、父が暴力的な家庭だった。躾（しつけ）と称して、父にも綾はしょっちゅう殴られていた。食事中、少し足を崩したり、テレビを見ていて下品な声で笑ったというだけで、殴られるのだ。そうして、父が機嫌のいいときは、同じことをしても殴られない。

そんな父を間近で見ていたせいか、卓雄も、ちょっとしたことで綾を殴った。

綾は、殴られるのが当たり前という家庭で育ったのだという。

高校を卒業して、綾は家を出た。ちょうど、そのころ、卓雄も最初の結婚をした。

綾にとって、そのころがいちばん平和な時期だったそうだ。

最初の結婚をしている間、卓雄は綾にとって、いい兄だったという。特に可愛がられることもないが、なにより殴られることがなかった。結婚して、兄も穏和になったのだと思ったが、それは違ったのだ。卓雄にとって、妻という新たな所有物、暴力で支配して、鬱憤（うっぷん）を晴らす相手がいたから、卓雄は綾に関心をしめさなかったのだ。

卓雄が妻と別れて、また綾は兄に殴られることになった。兄から逃げようと、こっそり引っ越しをしても、両親は簡単に卓雄に、綾の住所を教えた。逃げたことがばれると、一週間仕事に行けないほど殴られた。

両親にも知られないように引っ越しをするとなると、住民票なども移すことができず、まともな生活をすることができない。

そのころ、卓雄はＤＶの加害者サポートの会に通っていたはずだった。それを、黒岩が指摘すると、梓は静かに首を横に振った。

「彼は、そこに通って、女性は男性の所有物ではないこと。いかなる理由があっても、自分の妻を殴ってはいけない、ということを知りました。けれども、彼にとって、それはこれから自分の妻になる相手にだけ、当てはめられることだったのだと思います。妹は……、もう二十年以上殴り続けてきた妹は、その女性のくくりの中に入らなかったのだと思います」

人は肉親には容赦がなく、そうして、一度肉親に抱いた感情は、簡単に消えることはない。彼は今まで、妹を殴ったことで、両親にも、ほかのだれにも責められなかった。彼の中では、妹を殴ることは、別に悪いことではなかった。

「綾ちゃんは、『わたしがのろまで気が利かないから、お兄ちゃんにぶたれる』、そう言っていました。人を責める理由なんて、探そうと思えばいくらだって、探せます。彼は、妹を教育するという大義名分で、彼女を暴力で支配し続けていたのです」

梓と結婚して、卓雄の綾に対する暴力は、頻度を増したのだという。それまでは、月に一度、あるかないかのことだったのに、週に一度ほど、綾のアパートを訪ねてきて、なにか理由を探して、暴力をふるう。

「ケーキなどを持って、いい兄みたいなふりをして訪ねてくるのだけど、結局最後は殴られるのだ、と、綾ちゃんは言っていました。そうして、殴った後、必ずこう言うのだと。『おまえが可愛いから、兄としておまえにはちゃんとしてもらいたいんや』

って。うまい言い訳ですね。きっと、彼は、わたしに対して、いい夫を演じることにもストレスが溜まっていたんでしょう」

だが、頻度を増す暴力に、綾は追いつめられていた。彼女は、今までのことをすべて話すと、泣いて梓にすがりついたのだという。

お義姉さんは離婚したら、逃げられるけど、わたしは一生、兄さんからは逃げられない。兄さんを殺すか、わたしが死ぬか、どちらかしかない。そう言いながら。

梓は、強い視線を黒岩に向けた。

「だから、言ったんです。殺すなら、手伝ってあげる。わたしがあなたを守ってあげるって」

黒岩は表情を変えずに、梓の告白を聞いた。

「あなた自身は、卓雄に対して恨みなどなかったでしょうに」

黒岩の質問に、梓は躊躇せずに答えた。

「それでも、あの子はわたしと同じでした。心をぼろぼろに破壊され、暗闇の中、迷って、どこに行っていいのかもわからない。苦しくて、苦しくて、でも、どうすることもできない。あれは、過去のわたしだった。だから、彼のことがそのときから許せなくなりました。裏切られたという気持ちもありました。女性を人として尊重しているふりをして、結局彼は、なにもわかってはいなかった」

どうして、そこで殺人ではなく、別の道が選べなかったのだろう。圭司はそう思い、黒岩もそう思っていることを感じていた。だが、もう終わってしまったこと。賽は投げられ、最悪の目を出した。

そうして、梓と綾は、卓雄を殺す計画を立てた。

まず、梓が卓雄をうまく騙して、ホテルにチェックインさせる。ひさしぶりに新婚気分を味わいたい、と言ったという。夕食後、卓雄に睡眠薬を飲ませ、自分はホテルを抜け出して、深夜のバイトという、確実なアリバイを作りにいく。

そうして、梓から鍵を受け取った綾が、ホテルに忍び込んで卓雄を殺す。

翌朝、バイトを終えた梓が、部屋に戻り、指紋を付けて、姿を消すのだ。

こうすれば、警察は梓を容疑者だと思いこむだろう。深夜のバイトは偽名で行っているから、梓が自分で言わない限り、ばれることはない。

そうして梓は逃げられるだけ逃げて、時間を稼ぎ、適当なところで警察につかまる。取り調べでは黙秘を続け、そうして裁判になったときはじめて、深夜のアリバイという確実な無罪の証拠を出すつもりだったという。

そうして時間を稼げば、綾が証拠を残していたとしても、その痕跡はすでに消えてしまっているだろう。

そうして、綾も梓も、嫌疑から逃れる。それが計画だったという。

圭司と黒岩は、ふたりの共犯ではないかと目星をつけた後、聞き込みを重ね、事件当夜、家で寝ていたと証言していた綾の車がアパートの駐車場になかったこと、似た車を現場付近で見た人間がいることを突き止めた。

そうして、梓の自宅で、ラウンジの名刺を見つけ、そこで梓が偽名を使って、事件当日働いていたことを突き止めたのだ。

供述書を書き終わると、黒岩はペンを置いた。

「あの、狼の童話、ね。どうして結末を書き換えたの？　もともとの方がよかったのに」

梓は、つかの間、照れたような顔をした。すぐに辛そうな表情に戻ったけれど。

「あまりにも、本当のことに近かったから、怖くなったんです。あれは、綾ちゃんのことを知る前から、書いていたのだけど。だから、急いで、嘘の結末を書き加えました。あのままでは、あの話から、わたしたちのことに勘づく人がいるかもしれない、と思ったから。結局、刑事さんは、あの話から勘づいたんでしょう」

黒岩は首を横に振った。

「あの話から、気がついたのは本当だけど、わたしは、結末が書き換えられたことに注目したの。どうして書き換えなければならなかったのか。もとの方がずっといいのに、なぜ、中途半端な結末をつけなければならなかったのか。そう思ったら、真実が見えたような気がした」

梓は、苦しげに自嘲した。

「よけいなことをしなければよかったんですね」

「いいえ、違うわ」

黒岩は彼女の目を見据えた。

「あなたが間違っていたのは、童話の結末を書き換えたことじゃない。綾さんを救いたいと思うのなら、彼女を逃がすことを考えるべきだった。あなたが最初の離婚のとき、たくさんの人に助けてもらったように、苦しくても、大変でも、別の解決を選ぶべきだったのよ」

どんな理由であれ、だれかに暴力をふるうことが許されないことであるように、どんな理由であれ、他人の命を奪うことも許されないことだから。

梓は黒岩の顔を凝視した。黒岩は少し、視線をそらした。ため息のような声で尋ねる。

「わたしの言うことは理想論に聞こえる？」

梓は頷いた。

「聞こえます。でも、今になってみれば、その理想論がとても眩しいの」


取調室の外に出ると、廊下に差し込む光が、ひどく明るく見えた。

圭司は大きく伸びをした。後味は決してよくない事件だったが、ひとつ、肩の荷が下りたような気分になったのだ。

黒岩がふりかえって、かすかに笑った。

「どうだった、感想は？」

「え？」

「はじめてでしょ。逮捕して自供も取って、一段落というのは」

圭司は首を捻って考え込んだ。

「うーん」

「どうしたの？」

「次はもっと、正義を貫いた！　とかそういう実感のある事件を担当したいです」

黒岩は軽く肩をすくめた。

「馬鹿ね。そんな事件、滅多にあるもんですか」

「そうなんですか？」

情けない気分になる。だが、黒岩の言うことは正しいのだろう。百パーセント正しい人間もいないし、百パーセント悪い人間もいない。その中で、法に従って、秩序を守ることだけが、自分たちにできることなのだろう。

「あー、やだやだ。男って、すぐに、かっこいい自分を追求したがるんだから」

黒岩は呆れたように言って、歩き始めた。あわてて後を追う。

「ひとつだけ、聞いていいですか？」

「なによ」

「あの童話のことなんですけど」

黒岩は眼鏡を押し上げて、首を傾げた。

「梓がルカで、綾がノーラだったんでしょうか。それとも、逆？」

梓が綾を救おうとしたのだから、梓がルカだと思うのだが、地獄の中にいたのは綾の方だったような気もするのだ。

「馬鹿ね」

黒岩は少し寂しそうにそう言った。

「どちらもルカで、それでいて、ノーラだったのよ」

解　説

矢崎存美

その物語を最初に作った人は、誰なんだろう。

民話や寓話など伝承され続けていく物語を読むたび、私はそう思う。いや、作ったというのは語弊があるだろう。生まれた、というべきかもしれない。

小学校の高学年の頃に、グリム童話集とアンデルセン童話集を岩波文庫で読んだ。近所の人が、私が本好きだからとくれたものだ。

その人が中身を読んだ上でくれたのかどうかは今となってはわからないが、当時の岩波文庫の小さな字と難しい漢字だらけで書かれたその物語集に、私は夢中になった。とりわけアンデルセンは、子供用の絵本を何度もくり返し読んでいたこともあり、まったく違う印象に戸惑いながらも「こっちの方が面白い」と思った。明るく楽しい子供用の童話よりもずっと苦い後味が残る「物語」なのに、私は「こっちの方が本当だ」と感じたのだ。

アンデルセン童話もいろいろ改変されて語り継がれているが、この場合は最初に作った人が誰だかわかっている。本人はもうこの世にはいないが、残された作品から「なぜこの物語を書いたのか」と推測することはできる。

でも、グリム童話やイソップ寓話などはわからない。誰かが作ったものかもしれないし、実際に起こったことに枝葉がついて物語のようになったのかもしれない。けれど、その物語が生まれるには、何かしらの理由があったはずだ。「面白い」だけならばよかったけれども、そういう部分に隠して、誰かに伝えなくてはならない裏の面も、残念ながらある。

いや、残念というかなんというか……今の世も、やはりそうしなければ表には言えない部分というのは相変わらずあって……それは、これからも変わらないのかな、と思うのだ。

近藤史恵さんの『狼の寓話』には、タイトルどおりにそんな寓話が挿入されている。主人公はルカという少女。貧しい村からの生贄(いけにえ)として山の神に捧(ささ)げられた彼女は、山の中で狼に出会う。空腹になると自分を食べる狼とルカは、一緒に暮らすことになるが——。

この寓話の作者が誰なのかわからないまま、本当の主人公・會川圭司の日常が描かれていく。彼は、南方署強行犯係に配属されたばかりの新米刑事。最初の事件でミスを犯し、変わり者と噂される女性刑事・黒岩と組まされる。彼女が追っているのは、夫が殺され、その妻が失踪、という単純そうに見える殺人事件だ。

この二人、そりが合わないようでいて、なかなかどうしていいコンビだ。クールで男勝りと思わせておいて、かわいい名前と性格をたまに見せる黒岩。「ヘタレ」と呼ばれることを恐れながらも、まっすぐな正義感と人を思いやる心を忘れない圭司がだんだんと彼女の世話を焼くようになってくる様は、まるで姉弟のよう。

とりまく人々も魅力的だ。人がよいばかりに失恋してばかりの圭司の兄・宗司（彼もまた、街のお巡りさんである）、兄弟二人を温かく見守る「美紀ちゃん」、飼い猫の太郎――彼らと圭司が絡む時には、柔らかな関西弁が飛び交う。

黒岩や圭司たちは、殺人事件を追いながらも、少しの悩みや悲しみを伴う普通の生活をしている。そんな何気ない毎日なのに、とてもほっとするシーンになっているのはなぜだろう。

作中、黒岩が「普通って、なんだろうね」とつぶやくシーンがある。「普通」という言葉を出すたびに私もそう思うが、それは、こんなセリフの時に使うとわかる気がしてくる。

「自分が普通じゃないことが、なんだかいたたまれなくて」

多かれ少なかれ、はずれている部分を自覚してこその「普通」であるのだ。その時、その言葉はもう一つ——「幸福」という意味を持つ。

圭司と黒岩と、周りの人々が織りなす日常がほっとするのは、そのためだ。悩み、苦しみ、悲しいと思いながら、それを受け止めあえる人がいる。ささやかではあるが、それはとても幸せなことだ。

だが、その「幸福」を模索しても、どこにもそれがない、と絶望してしまう人もいる。自分は普通に生きたいだけなのに、それさえも叶わないと、嘆くことすら疲れてしまった人——それは、この『狼の寓話』の中にも存在している。

声なき悲鳴をあげるしかない人のために物語を紡ぐのは、書く人間の宿命のようなものかもしれない。たとえ誰かのためであっても、自分のためであっても、それが決して忘れられないように。確かに人の心に届くように。それが「残念だ」とあきらめるだけにとどまらないためにも。

様々な民話や寓話の中には、そうして生まれたものも少なくないはずだ。白雪姫だってシンデレラだって、本当にいじめたのは継母ではなく、実の母親だったんだから。

寓話の主人公、ルカがその後どうなったのか——それは誰にもわからないことではあるが、彼女の叫びはきっと伝わったはずだと信じたい。たくさんの童話や民話、寓話の中に息づく主人公が今も生きるように、彼女もまた圭司や黒岩、そして何よりこの作品を読んだ人の心の中に生き続けることだろう。

（二〇〇七年三月初刊より再録）

本書は2007年4月に刊行された徳間文庫の新装版です。
なお本作品はフィクションであり実在の個人・団体などとは一切関係がありません。

徳間文庫

南方署強行犯係

狼の寓話（おおかみのぐうわ）

〈新装版〉

2024年3月15日　初刷

著者　近藤史恵（こんどうふみえ）

発行者　小宮英行

発行所　株式会社徳間書店

東京都品川区上大崎三-一-一　〒141-8202
目黒セントラルスクエア

電話　編集〇三(五四〇三)四三四九
販売〇四九(二九三)五五二一

振替　〇〇一四〇-〇-四四三九二

印刷　大日本印刷株式会社
製本

ISBN978-4-19-894927-3　（乱丁、落丁本はお取りかえいたします）

徳間文庫の好評既刊

黒川博行
勁草

橋岡恒彦は「名簿屋」の高城に雇われていた。名簿屋とは電話詐欺の標的リストを作る裏稼業だ。橋岡は被害者から金を受け取る「受け子」の差配もする。金の大半は高城に入るので、銀行口座には大金がうなっている。賭場で借金をつくった橋岡と矢代は高城に金の融通を迫るが…。一方で大阪府警特殊詐欺班も捜査に動き出す。逃げる犯人と追う刑事たち。最新犯罪の手口を描き尽くす問題作！

徳間文庫の好評既刊

鳴神響一
警察庁ノマド調査官　朝倉真冬
網走サンカヨウ殺人事件
書下し

全国都道府県警の問題点を探れ。警察庁長官官房審議官直属の「地方特別調査官」を拝命した朝倉真冬は、旅行系ルポライターと偽り網走に飛んだ。調査するのは、網走中央署捜査本部の不正疑惑。一年前に起きた女性写真家殺人事件に関し不審な点が見られるという。取材を装いながら組織の闇に近づいていく真冬だったが――。警察小説の旗手によるまったく新しい「旅情ミステリー」の誕生！